Los horizontes duermen en el océano

El único momento hermoso de una obra
es aquel en que se escribe.

A. de Vigny.

LOS HORIZONTES DUERMEN EN EL OCÉANO

Jordi Viola Giner

Título: Los horizontes duermen en el océano.
Autor: Jordi Viola Giner.
La Balanguera. Alaior, Menorca - Islas Baleares
Autoedición.
Publicación: Jordi Viola.
Edición: primera – Septiembre 2016
ISBN-13: 978-84-608-5625-2
ISBN-10: 88460856259
Depósito legal: ME127-2016
Obra inscrita en el Registro de la Propiedad Intelectual.
Impreso por Create Space, An Amazon.com company
Copyright©Jordi Viola

...a mis amigos de Kudhafaree a quienes no he vuelto a ver, pero siempre he recordado.

... a mi padre por enseñarme a ver el mar, a Cati por navegar conmigo hacia el horizonte, y a nuestras queridas sirenas Daniela y Abril que nadan junto a nosotros.

Jordi.

Mi sincero agradecimiento, a quienes han ayudado a hacer posible de una u otra manera esta novela.

A Cati Ramón y a Juan Luis Hernández por sus valiosas sugerencias dirigidas a la mejora de la comprensión y redacción.
A Xavier Salvador, por el diseño de la portada.
A Caterina Taltavull, por su trabajo de maquetación e ilustración.
A Claudia Capella, por la realización del "book trailer"
A Toni Ramón por sus consejos gráficos.
A Julia Pons por sus indicaciones para la edición.
A Jesús, Sandra, Xavier, Pepa, Antón, KiKa, Daniela y Abril y por sus lecturas y observaciones.
A Xavier Romero Frías por haber sido su interés por las Islas Maldivas un gran estímulo para mí en esta aventura literaria.
Y a todos aquellos que siempre me animaron a escribir.

Gracias a todos.

J.Viola Giner

Índice

Aquello que conforma nuestro destino
no es únicamente lo experimentado,
sino la manera de vivirlo.

Acababa de sonar un timbre que resonaba por todo el patio del colegio anunciando la hora de la salida. Desde ese instante mientras bajaba las escaleras para llegar al vestíbulo donde esperaban mis compañeros, sabía que disponía de muy poco tiempo para imaginar la continuación de un relato que se alargaba, día tras otro, durante el curso escolar. Mis amigos lo bautizaron como "La Venti", una abreviación de la palabra aventura para referirse a todas aquellas historias que yo intentaba contar cada mañana y cada tarde de camino a casa o a la escuela. Ni que decir tiene que la improvisación y mi infantil frescura, daban lugar a unas narraciones que no por disparatadas dejaban de ser jaleadas por mi fiel y entregado auditorio, seguramente, por ser para ellos una forma de poder escapar de aquella rutina diaria de sotanas, profesores con bigote recortado, letanías, calles grises e imaginación apagada que combatíamos con esa libertad, por otro lado ausente en aquellos años cincuenta, pero que se haría incontenible durante los sesenta de una manera generacional y sin fronteras.

Cuando hace unos pocos años decidí escribir una novela, no pude menos que sonreír al recordarlas y me pregunté si sería capaz desde mi madurez de algo semejante. La ubiqué en las islas Maldivas empujado por los recuerdos de un tiempo excepcional pasado allí durante mi juventud y por el generoso aliciente que sin duda representaba para mí poder entretenerme en ellos. Al igual que ocurría cuando era un niño y a partir de una vaga idea previa, la narración fue creciendo empujada por ella misma abriéndose paso, página a página, para mostrar su naturaleza escondida. Por el camino se fueron quedando las dudas albergadas para conseguir elaborar y precipitar la trama hacia un final donde todo se iba acomodando y en el cual, me esperaban irremisiblemente las necesarias lecturas y correcciones que constituyen la cocina literaria.

Debo aclarar que los principales personajes de la novela son ficticios, aunque hay otros reales que me han permitido hilvanar ciertos hechos ocurridos en un contexto histórico, si bien es cierto, que estos responden en ocasiones a una personal interpretación de los mismos. Es en ese juego, en esa licencia novelesca, donde les agradezco a todos ellos su noble aportación a la trama reflejada en una aventura donde tienen cabida el viaje, la danza, las tradiciones, la política, el mar, la magia y el deseo a partir de un encuentro casual entre un joven inglés y una bailarina hindú, cuyo pasado familiar intrigante se va desvelando hasta encontrarse en un presente donde los horizontes dormidos aguardan a todos los personajes.

El autor.

PRIMERA PARTE

HORIZONTES DORMIDOS

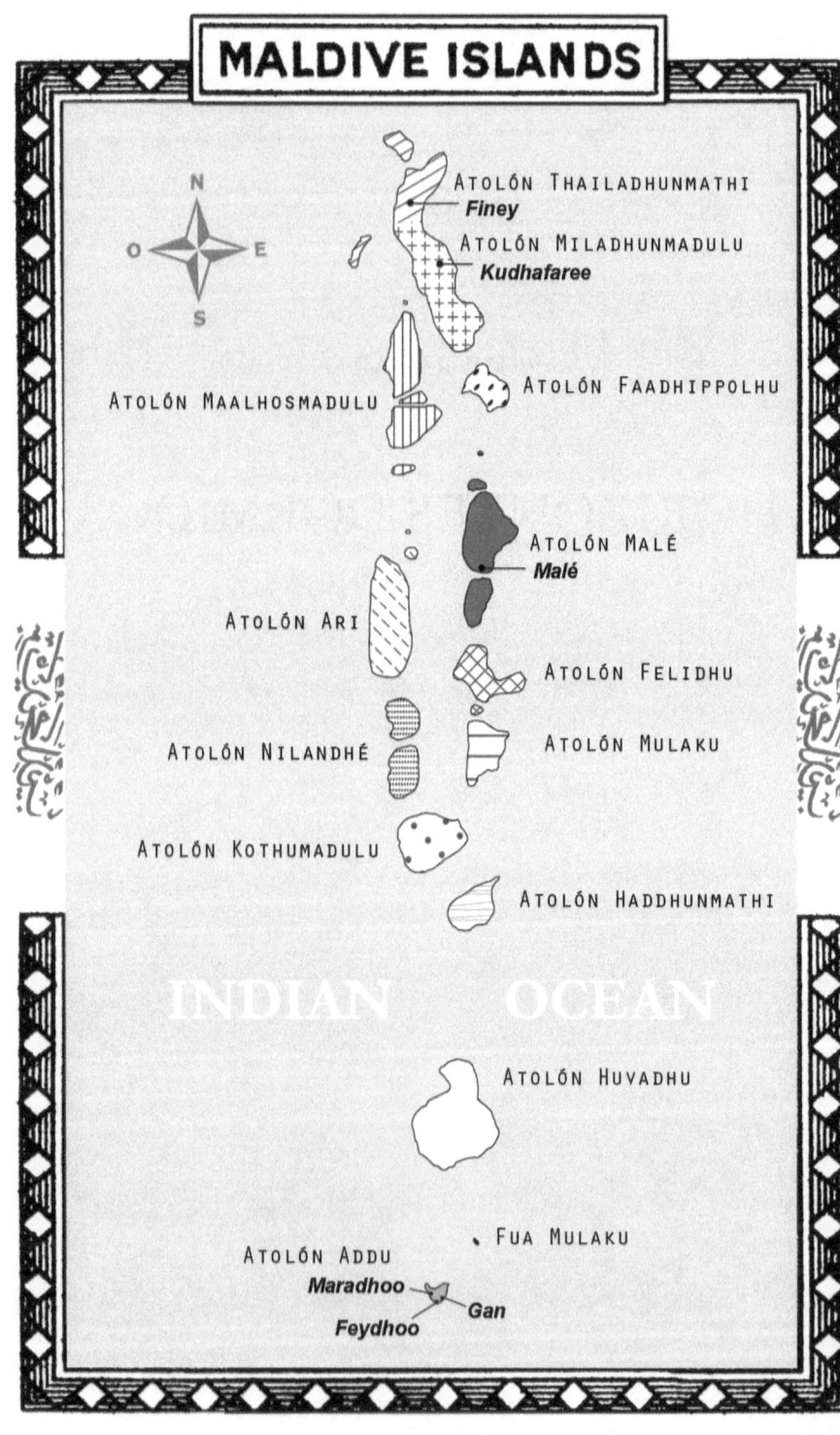

MALDIVE ISLANDS

Atolón Thailadhunmathi
Finey

Atolón Miladhunmadulu
Kudhafaree

Atolón Faadhippolhu

Atolón Maalhosmadulu

Atolón Malé
Malé

Atolón Ari

Atolón Felidhu

Atolón Nilandhé

Atolón Mulaku

Atolón Kothumadulu

Atolón Haddhunmathi

INDIAN OCEAN

Atolón Huvadhu

Fua Mulaku

Atolón Addu
Maradhoo
Gan
Feydhoo

Capítulo I

EL VIAJE DE ARTHUR

A pesar de haber transcurrido tan solo unas horas desde su fortuito encuentro con Lilaa, la fascinante muchacha del avión, allí estaba él, apoyado en una esquina esperando a que ella saliera de la antigua residencia del sultán donde había estado bailando esa noche. Fue tan inusitada la emoción descubierta a través de su danza que sentía la imperiosa necesidad de estar de nuevo a su lado. El público asistente abandonaba el recinto comentando la magnífica actuación, pero la joven bailarina, seguía sin aparecer. Confiado en que pronto lo haría decidió aguardar un poco más mientras se entretenía recordando las circunstancias que le habían traído hasta ese remoto lugar del mundo.

....

Unos años antes, en 1964, cuando todavía vivía en Liverpool, su novia se había presentado en la librería esotérica donde trabajaba para anunciarle que no deseaba continuar con su

relación amorosa por más tiempo. Ni entendía ni soportaba
–le hizo saber–, "que a menudo la mirase ausente sin saber
cómo encontrarla". Tenía toda la razón. Si Peggy, en su fugaz
despedida no se hubiera marchado tan de repente, habría
intentado explicarle que esa carencia era una cuestión difícil de
soslayar para los nacidos como él en Glastonbury, al tratarse de
una ineptitud colectiva heredada por no saber hallar los restos
del rey Arthur, escondidos según la leyenda, en algún rincón de
la localidad.

Poco tiempo después de aquel repentino abandono conoció
al propietario de un pequeño local ubicado en Matthew Street,
llamado The Cavern, en el cual solía actuar un grupo de rock que
por aquellas fechas estaba causando furor en la ciudad. Con la
intención de levantarle el ánimo, al ver que andaba tan alicaído,
le invitó a asistir a uno de esos conciertos. No se lo pensó dos
veces a la hora de aceptar el ofrecimiento ni se hizo de rogar,
estaba deseando encontrar una excusa, una oportunidad que le
permitiera salir de ese estado de ánimo enfermizo, casi de duelo,
en el que se veía envuelto cada vez que perdía a quien creía su
pareja del alma. Esa misma tarde se dirigió hacia allí.

Reconocer el lugar le fue fácil. Solo tuvo que observar a
otros jóvenes de su edad reunidos frente a uno de los muchos
sótanos que abundaban en esa calle, para deducir cuál de ellos
era el número 10 indicado en la dirección. Se acercó curioso y sin
pensarlo, descendió por la oscura escalera. Al llegar a su interior

un ambiente radicalmente opuesto al silencio acostumbrado en la librería le sorprendió. La música sonaba ensordecedora en aquel estrecho espacio abovedado, lleno de gente y humo, donde resultaba imposible mantener una conversación. No obstante, enseguida pudo advertir que esa molesta circunstancia no parecía importar mucho. El público se mostraba contento bebiendo y bailando al ritmo de cuatro músicos melenudos de aspecto desenfadado que tocaban en un improvisado escenario situado al fondo del local. La banda era buena, muy buena y así lo daban a entender algunas chicas gritando entusiasmadas por aquel sonido rebelde, alegre y juvenil que invitaba a desinhibirse. Empujado por él y la necesidad de olvidar sus penas, poco a poco fue dejándose llevar hasta disfrutar de aquella sensación alocada tan alejada de la rutina y del serio quehacer de su trabajo.

Aprovechando un descanso salió a la calle para respirar un poco de aire fresco. Fue entonces cuando se encontró con su amigo, el empresario musical, conversando con dos mujeres ya maduras de aspecto interesante. Al percatarse de que estaba solo le hizo una señal para que se acercara. "Este es Arthur, un abnegado librero de la ciudad" –remarcó al presentarle–. La más joven se llamaba Mo y resultó ser la madre de uno de los integrantes del grupo que había estado actuando esa tarde. Era de origen indobritánico y debido a esa circunstancia estuvieron hablando sobre la India, un país que le descubrió fascinante. La otra mujer, mayor y de rasgos exóticos se mostraba muy reservada. Había estado observándole en silencio a una cierta distancia desde el primer instante y solo decidió participar en la conversación al escuchar que trabajaba en una librería esotérica de la ciudad. Interesada por ese detalle se le acercó y preguntó con discreción si conocía alguna publicación que versara sobre la magia *fandhita*. Sus profundos ojos negros y extraña mirada le provocaron una inmediata inquietud.

Ya fuera por esa causa o por alguna otra razón le hubiera gustado comentar algunos títulos sobre el contenido que andaba buscando, pero por desdicha jamás había oído hablar de ningún libro sobre semejante magia. Ella pareció decepcionada y sin venir a cuento le dijo de manera enigmática:

"Ir tras el encuentro ha sido un hecho incesante en mi vida. Deberías emprender un viaje lo antes posible hacia tu horizonte dormido". Y añadió: "Aunque te extrañe, sé que tu marcha está próxima".

Él la miró incrédulo. ¿Quién era esa mujer que sin conocerle se atrevía a aventurar algo semejante?

Se sintió incómodo y sin saber cómo reaccionar ni qué decir, sonrió con amabilidad y se despidió de ella pensando en que no la volvería a ver.

Andaba equivocado. Al cabo de unos días mientras se hallaba de nuevo trabajando en la librería esa mujer entró en el establecimiento con paso decidido directa hacia él.

—La otra tarde te sorprendí con mi comentario –aseguró

nada más llegar ante el mostrador– sin embargo, no deberías extrañarte. La edad enseña a leer en la mirada de los demás. Por eso he vuelto. He traído conmigo un antiguo mapa de la India para que te ayude a encontrar ese futuro que te aguarda. En una de sus esquinas he dejado escrita mi dirección. Avísame el día que halles lo que buscas, quizá cuando eso ocurra ya sabrás lo que es la magia *fandhita*.

Acto seguido dio media vuelta y se marchó dejándole tan perplejo como hiciera Peggy aquella otra mañana. Ahora sí, no volvió a verla más.

Pasaron las semanas y por alguna razón desconocida no conseguía olvidar ni ese encuentro ni aquellas palabras. Al principio no le dio mayor importancia, pero al cabo de un tiempo esa insistencia suscitó en él la curiosidad. Convencido ya de querer escapar de su rutina y deseoso de tener otro tipo de experiencias menos sedentarias a las obtenidas mediante la lectura, decidió reunir el dinero suficiente para iniciar un largo viaje hacia ese horizonte anunciado que esperaba ser despertado en algún lugar.

Tres años más tarde consiguió partir de Inglaterra hacia Oriente, con una mochila, sin fecha de regreso y llevando aquel mapa consigo. Al igual que tantos otros jóvenes de su generación, en aquellos años, cruzó Europa y desde Estambul se adentró en Asia. Gracias al asombro constante que despierta el hecho de vivir en lugares desconocidos, se volvió más observador, menos intransigente, más intuitivo, permitiéndole todo ello disfrutar de las gentes y culturas que iba encontrando a su paso. Tras largos meses de viaje llegó hasta Delhi y, después de maravillarse recorriendo la cordillera del Himalaya, el valle del Ganges y el desierto de Rajhastán, decidió descender hasta la antigua colonia portuguesa de Goa para descansar y asimilar todo lo vivido hasta ese momento, que no era poco.

Fue precisamente allí, mientras contemplaba el amanecer en una de sus playas, cuando sintió el súbito deseo de reanudar su camino y al igual que había ocurrido en otras ocasiones ante tal explícito deseo, no dudó en desplegar el mapa que aquella mujer misteriosa le había regalado para que le revelara su próximo destino. Le gustaba creer en aquel juego. Su consulta de alguna manera siempre había acabado siendo decisiva en otras etapas del viaje y, a tenor de lo vivido hasta ese momento, nunca le había defraudado. En aquella ocasión, tampoco lo hizo. Una vez lo tuvo delante su mirada comenzó a desplazarse lentamente hacia el sur, cada vez más al sur, atraída por el último recuadro solitario del plano hasta quedar fija, atrapada, sobre aquellas minúsculas islas diseminadas en medio del Océano Índico que parecían querer escapar del papel. Intrigado por ellas preguntó a nativos y viajeros, pero no obtuvo respuestas. Nadie había estado allí. Nadie sabía de ellas excepto su nombre, el archipiélago de las Maldivas. "Perfecto, -pensó- un lugar desconocido donde buscar y quizá encontrar". Recogió sus enseres y se lanzó sin pensarlo a vivir esa aventura.

Para conseguir acercarse al destino elegido, subió en Panjim a un desvencijado autobús local que disimulaba su penoso estado adornándose con todo tipo de brillantes guirnaldas y coloridas estampas de deidades hindús. Ese viaje hasta el extremo sur de la India fue la prueba fehaciente de que merced a todo aquel panteón de dioses presentes en el vehículo, la suerte no iba a abandonarle pese a la inconsciente temeridad del conductor y su extrema pericia adquirida a base de tragos propinados a un aguardiente local. Cuando al fin, tras veinticuatro horas de sobresaltos alcanzó milagrosamente la última parada de aquel trayecto agotador, todavía le quedaron ánimos para acercarse en *rikshaw* hasta el aeropuerto de Trivandrum y comprar su pasaje de avión a Malé, la capital de aquel atrayente archipiélago donde ahora justamente se encontraba.

....

La noche era cada vez más cerrada y Lilaa seguía sin salir. Quizá debería admitir que probablemente, cansada tras su actuación, hubiera podido quedarse dormida en el camerino. El rocío comenzaba a ser molesto. Iba a esperarla tan solo unos minutos más. Al fin y al cabo, no tenía otra cosa mejor que hacer...

Capítulo II

LOS MIMBRES DEL DESTINO

Apenas tenía once años en 1959, cuando mi madre y yo marchamos de las islas Maldivas en un barco rumbo a la costa Malabar, –explicaba Lilaa a su *gurú* Balasaraswati en la puerta de salida del aeropuerto de Trivandrum–. Mi padre, Nassim Kandhumoos, temía que algo malo pudiera ocurrirnos durante aquel tiempo convulso en el sur del archipiélago. "Hasta que la situación política en el atolón Addu se calme, estaréis más seguras en la India" nos dijo. Y añadió : "Pronto volveremos a estar juntos". Sin embargo, no fue así. Jamás volvimos a verlo.

Meses más tarde un funcionario de correos se acercó hasta la casa donde vivíamos en Tanjoore con un mensaje procedente de la base naval británica de Gan, mediante el cual se nos comunicaba que mi padre había muerto durante los enfrentamientos con las fuerzas enviadas por el sultán para evitar el nacimiento de una república independiente en los atolones del sur. Ahora, nueve años después de aquellos hechos, tras la reciente abolición del sultanato, el nuevo gobierno me invita a regresar para que baile durante los actos oficiales constituyentes de una República única en las islas Maldivas. ¡Precisamente a mí, la hija de aquel rebelde secesionista!

Al principio, dudé mucho –continuó relatando–.No podía entenderlo. Pensé que se trataba de una confusión; no obstante, tras leer en la invitación que se sentirían muy complacidos con mi presencia y pensando en la memoria de mi padre decidí aceptar. A pesar de ello no dejé de preguntarme sobre los motivos de dicho ofrecimiento, así como por las reacciones que mi presencia en la capital pudiera suscitar.

Balasaraswati escuchaba con atención sabiendo lo importante que era para su alumna expresar todos esos sentimientos antes de partir.

—¿Crees Bala que estoy preparada para bailar en estas circunstancias y afrontar lo que pueda suceder?

La maestra le tomó las manos con firmeza y entrelazándolas con las suyas, le dijo:

—Lilaa no te preocupes. Eres muy joven todavía para darte cuenta de que dispones ya de los mimbres necesarios para tejer el cesto de tu destino. Recuerda cómo llegaste a mi escuela decidida a superar todos los obstáculos para convertirte en bailarina. Esos años de grandes esfuerzos personales te han permitido descubrir unas cualidades que primero tu madre y luego yo misma siempre vimos en ti. Todo va ir bien. No deberías temer al horizonte que te aguarda, pues no en vano, *Shiva,* el todopoderoso, te ha escogido por tu arte para llegar a ser considerada en poco tiempo mi más destacada alumna.

Tenía razón –pensó Lilaa–, sus palabras siempre poseían la virtud de tranquilizarla. Tras escucharlas, sintió como se desvanecían sus recelos por aquel viaje. Reverenciaba su opinión, confiaba en ella. "Sí, era cierto" –se repitió a sí misma convencida–. Estaba preparada.

Balasaraswati al leer esa convicción en su semblante hizo una señal al brahmán que aguardaba junto a ella para que iniciara el breve rito de despedida. Una vez finalizado, su discípula le agradeció la ceremonia y segura al fin, cruzó la pista en busca del avión que le iba a llevar hasta Malé.

El aparato despegó con retraso. Preocupada de disponer por ese motivo de poco tiempo antes de su baile, decidió aprovechar el vuelo para maquillarse en el baño de cabina y cambiar su aspecto. Al regresar, un pasajero extranjero sentado junto a ella, asombrado por su transformación logró con sus halagadores comentarios que el resto del viaje transcurriera de forma muy agradable, tanto es así, que le invitó a asistir a la función que iba a tener lugar esa misma noche. Aterrizado ya el avión observó al bajar las escalerillas a un orondo funcionario del gobierno que junto a una pequeña comitiva parecía estar aguardándole.

— Bienvenida a las Maldivas, Miss Lilaa Devi, –dijo este en lengua *divehi*–. Mi nombre es Sayyidmeiná, director de los actos oficiales que se van a celebrar. Me es grato anunciarle que por su prestigio y origen estamos doblemente orgullosos en recibirla.

Aquella amable acogida la tranquilizó y aunque en principio le sonó poco sincera no quiso darle mayor importancia.

— Por favor, acompáñeme, falta poco tiempo para el inicio de los actos. Nos espera una embarcación en el muelle para trasladarnos hasta la capital.

Una vez estuvo a bordo se dejó llevar por la emoción del retorno al notar aquella añorada humedad con sabor a sal y coral cayendo sobre su piel. Escuchó el rumor silente característico del mar calmo en el interior de la laguna y se extasió ante el perfil de las palmeras recortadas por la luz de luna en la hermosa, nítida, serena, noche maldiva. Era como si no hubiera pasado el tiempo. " Sí, sin lugar a dudas mi niñez aquí fue muy feliz" –pensó–. Y se sintió de nuevo en casa.

Durante el trayecto y a pesar de los temores expresados, reconoció que su regreso comenzaba de forma mucho más placentera de lo que había imaginado e incluso tuvo que admitir, que aquel casual encuentro con el desconocido viajero del avión le había resultado muy agradable. ¿Qué fue si no, aquella mirada cruzada que le llegó inesperadamente al alma?... Y al recordarla, se preguntó si tendría algún sentido.

— Me gustaría pedirle un favor –comentó entonces al director de los actos oficiales–. He conocido a un inglés durante el vuelo a quien invité a mi representación. ¿Podría usted ser tan amable atenderle cuando llegue? No conoce a nadie.

— Desde luego, dígame su nombre.

— Se llama Arthur. Está muy interesado en escribir un artículo –improvisó– sobre los actos que se van a celebrar. Se presentará en la entrada con una nota personal que le entregué.

— Descuide, me ocuparé de él.

Tan pronto la embarcación amarró en el puerto la comitiva se dirigió sin demora hacia la que fuera antigua residencia del sultán dónde iba a tener lugar el evento. Allí esperaban un tanto impacientes los miembros del nuevo gobierno junto al resto de invitados. Aborrecía las presentaciones sociales, estaban tan alejadas de la intención de su danza que siempre procuraba abreviarlas. No obstante, en aquella ocasión, se entretuvo con unos y otros esperando a que llegara el momento de encontrarse frente a frente con el presidente del país. Quería descartar sus dudas sobre la intención de aquel viaje.

Sayyidmeiná atento al protocolo no tardó en presentarles.

— Miss Devi es un placer tenerla entre nosotros –le dijo Ibrahim Nassir tras saludarla cordialmente–. Le agradecemos mucho su presencia hoy aquí en esta ocasión tan especial.

Antes de contestar reparó en su rostro ovalado, ojos hundidos, mirada decidida y ese singular surco pronunciado del labio superior sobre el arco de cupido. Inspiraba determinación.

— Y yo le doy las gracias por la oportunidad que me ha brindado de volver a mi país. Aunque debo confesarle que tras recibir su generosa invitación me he estado preguntando por los motivos de la misma.

— Entiendo su extrañeza al haber sido su padre enemigo del poder central que ahora yo mismo represento. Pero el señor Sayyidmeiná, al proponerme su nombre, me hizo ver que en usted confluyen dos importantes circunstancias a tener muy en cuenta: la primera, que su actuación tal día como hoy es una excelente oportunidad de mostrar a nuestra poderosa vecina, la India, la intención de mantener buenas relaciones con ella. La segunda, es que nos va a permitir enviar un mensaje a nuestro pueblo de reconciliación con el pasado reciente.

— Debo concluir por tanto, presidente Nassir, que han sido motivos de interés político –contestó un tanto recelosa.

— ¡Oh, perdón Miss Devi!, no piense usted así. Puedo darle si usted quiere otras dos razones no menos importantes. Una de ellas, su extraordinaria sensibilidad para la danza por todos alabada y la segunda, si me lo permite, el no poder sustraernos a la antigua tradición cultural hindú que siempre consideró la presencia de una *devadasi* en actos ceremoniales como una señal de buenos auspicios.

Algo más complacida con la respuesta agradeció con una educada sonrisa las explicaciones y finalizó la charla aprovechando que algunos invitados querían saludarla. Algunos la recordaban siendo una niña jugando por las calles de Malé y entre estos había quienes se acercaban con cierto morbo para ver de cerca a la hija de Nassim Kandhumoss. Otros en cambio, lo hacían simplemente por su atrayente hermosura y los más, se aproximaban de forma respetuosa atraídos por su reconocido prestigio artístico.

Una vez finalizadas esas formalidades sociales y mientras los actos oficiales y discursos tenían lugar, Lilaa, se retiró al camerino. Disponía de muy poco tiempo para arreglarse y completar su total transformación como Lilaa Devi antes de que tuviera lugar su actuación.

Mientras aguardaba el aviso para salir al escenario intentó relajarse. Necesitaba preparar su estado de ánimo. Cerró los ojos e inspiró profundamente hasta verse de niña junto a su madre, jugando a representar con sus manos los *mudras* de la danza clásica: un pavo real con la cola extendida, un loto medio abierto, dos cervatillos, una concha o a Garuda el pájaro sagrado y así una por una, todas las demás posturas que figuran en los textos sagrados. Recordó también con cariño cómo su *guru* Balsaraswati le aleccionaba a escuchar los silencios, a entender el ritmo, a vivir cada nota justo en el preciso momento en que es tañida, a expresar los sentimientos con todo su cuerpo. Volvió a aquellas tardes crepusculares de la escuela en las que frente a una pequeña imagen de *Ganesh* le explicaba el sentido del arte de las *devadasis*, de su baile sagrado desde lo más hondo del ser como si de un acto meditativo se tratara.

"Lilaa, no te olvides nunca –le había dicho en múltiples

ocasiones–, solo con entrega y devoción en pos de la verdad es posible conmover a la divinidad para que te guíe en tu danza".

Resonaban esas palabras en su interior cuando golpearon con insistencia la puerta para indicarle que estaba a punto de iniciarse el espectáculo. Entonces, dejó el chal de cachemir que la cubría sobre una silla; se descalzó y ciñó unos *ghunghurus* de plata alrededor de sus tobillos. Se miró al espejo, tomó unos inciensos, los encendió y salió decidida del camerino sintiéndose preparada para dar lo mejor de sí misma.

Ya entre bambalinas, justo antes de salir, la considerada mejor bailarina de la afamada academia de Tanjoore miró curiosa a través del cortinaje al interior de la sala. Una pequeña sonrisa afloró en su rostro sin que pudiera reprimirla. Ahí expectante, junto al orondo director cultural se encontraba sentado aquel atractivo extranjero que había conocido en el avión.

Capítulo III

LILAA Y EL JOVEN VIAJERO

Un antiguo bimotor despega de Trivandrum. Arthur se asoma a la ventanilla y ve el mar. Atrás, la India se aleja. Una muchacha de hermosa trenza y ojos oscuros está sentada junto a él. No se da cuenta, abstraído por la esplendorosa entrega en el horizonte del globo solar, inmenso, magnífico por estas latitudes. Ella lo mira, parece joven y atractivo. Tiene hombros viriles, una piel bronceada más clara que la suya y unos bonitos labios. De pronto, un recuerdo de algo que sucedió a sus padres durante un viaje cruza su mente y curiosa, se pregunta qué motivo lo llevará a Malé. No reconoce en él ningún símbolo u objeto que identifique su casta, religión o grupo tribal. Se viste como un nativo, pero no lo es. Se trata sin duda de uno de esos viajeros ingleses errantes absortos por cada lugar, por cada circunstancia.

La luz verde se enciende y la muchacha se levanta. Recoge algunos enseres y se dirige al baño. La ceremonia de despedida obsequiada por su academia de baile se demoró tanto que al final, el avión salió con retraso. El vuelo es corto, la metamorfosis que precisa, larga. Se peina, se maquilla, se engalana. Cuando el bimotor ha recorrido más de la mitad del trayecto, abre la puerta y regresa a su asiento. Ahora el viajero si repara en ella.

Sus ojos oscuros maquillados de *kohl*, se perfilan y alargan hacia las cejas con un brillo excepcional. Lleva recogida la trenza en lo alto de la cabeza con blancas guirnaldas de jazmín y, sobre sus cabellos, destacan dos curiosos medallones simbolizando la luna y el sol. Junto a ellos, una diadema de oro de la que cuelgan unos largos pendientes, perfila su rostro iluminando su cara. Sobre su frente pende un rico ornamento con perlas de río y en su cuello, luce una gargantilla de hilos dorados con rubís engarzados sin tallar junto a un collar doble de cristal y marfil que le llega hasta el pecho. Está bellísima, y ahora Arthur la mira fascinado por esa visión deslumbradora e inesperada.

Ella lo percibe. Complacida, alarga el misterio de ese momento que sabe subyugador e incomprensiblemente su corazón se altera, acelera, duda, hasta acabar cediendo y cruzar sus miradas. Entonces, de una manera natural ocurre algo más, también estas se entretienen, se enredan, y sin proponérselo caen ambas, una en la otra.

Mucho tiempo lleva de viaje el joven trotamundos. Desde su partida, ha visto maravillosos parajes, conocido otras culturas y aprendido a respetarlas. Pero a pesar de todo ello, piensa con razón, que ese breve encuentro contenía en sí mismo no sólo todas las emociones vividas, sino también aquellas otras que deberían serlo. Necesita saber, y le pregunta con curiosidad por su aspecto casi divino.

— ¿De qué templo has huido?

Se muestra halagada, tanto por el interés despertado como por el acierto de la pregunta.

— No escapé de ninguno, aunque a uno sí pertenezco. Su morador, mi Señor, es el destructor y regenerador de todas las cosas. Soy una *devadasi*, una esposa del dios *Shiva*, una bailarina consagrada a su devoción a través de la danza.

Él, la mira incrédulo sin entender muy bien el significado de aquella respuesta. Ella, divertida con la confusión, juega al desconcierto añadiendo…

— También consagrada antiguamente, al placer de los fieles.

El viajero entonces se ruboriza. Busca perdido la mirada de la muchacha que de nuevo, le ofrece sus profundos ojos oscuros, infundiéndole calma. Se vuelve a sumergir en ellos y ya más confiado, se acerca susurrándole al oído:

— Desde este preciso momento, me declaro el más ferviente de los peregrinos.

Ella sonríe por la ocurrencia y con discreción le responde…

— Lo siento llegas tarde, esas obligaciones para las *devadasis* desaparecieron para nosotras hace años. Tradicionalmente, nos siguen llamando todavía así, por ser las herederas de su milenario arte interpretativo, considerado hoy en día, la expresión de la danza clásica de la India.

Sin dejar de admirarla se da cuenta de que sigue cubriéndose con el mismo largo chal de cachemir, con motivos del jardín de Shalimar, que llevaba al inicio del vuelo. De él asoman unas largas y finas manos que se mueven con gracilidad y delicadeza extremas, de tal modo, que parecen hablarle. Las observa y se sorprende al ver que tiene las primeras falanges de los dedos teñidas de rojo. La mujer atenta, parece adivinarle sus pensamientos.

— Es *hena*, su color nos ayuda para acentuar los *mudras*, rituales de las manos en nuestro baile; en cuanto al chal... lo llevo puesto para ocultar mi completa transformación hasta el momento de mi representación. Bailo por amor a Dios y, sólo ante él, me descubro durante mi danza.

—Y tú, extranjero, tan alejado de tu tierra, ¿de dónde vienes y adónde vas? -le pregunta segura de acertar.

Él, la vuelve a mirar. En su interior, agradece ese interés que parece indicar un tímido acercamiento. No teme a la pregunta. Cualquier viajero, que en verdad lo sea, sabe su respuesta. Contesta sin vacilar.

— Vengo de mí mismo y voy a mi encuentro. Viajo para reconocer a mi horizonte.

—Te diriges al lugar apropiado, en las islas Maldivas es extenso y hay muchas aguas que surcar.

En ese momento, la azafata se acerca, interrumpiéndoles para pedir que se abrochen los cinturones. El avión está a punto de aterrizar.

— Me llamo Lilaa –le dice cuando vuelven a quedar solos–. Esta noche actúo en el Eterekoilu, la sede de la antigua residencia del sultán, ante el primer gobierno republicano maldivo.

— Y yo, Arthur. Daría lo que fuera por poder asistir a esa función.

Un brusco golpe del bimotor al tocar la pista de tierra vuelve a interrumpirlos. Han llegado a las islas Maldivas. Ella piensa dubitativa. Finalmente, abre un pequeño bolso y le entrega una invitación, donde escribe algo en una lengua que no comprende. Acto seguido, se levanta apresurada, los pasajeros le abren paso mientras el comandante sale a despedirla. A pie de escalerilla ya la esperan. La saludan con respeto, le colocan una gruesa guirnalda de flores alrededor del cuello y, luego, se pierde con la comitiva en la oscuridad.

En una barcaza de motor, nuestro viajero como el resto del pasaje, se aleja del aeropuerto. La isla de Malé donde está ubicada la capital de ese mismo nombre, es tan pequeña, que la pista de aterrizaje se ubica en una isla contigua. Le parece un sueño haber llegado hasta aquí. Al desembarcar, pregunta al barquero por un alojamiento y este le indica la pensión Abdhulá. Sin demora se dispone a buscarla. Quiere asistir a tiempo para el baile.

Un poco más tarde ya ha salido del lugar donde se hospeda vistiendo una camisa blanca de hilo tejida a mano, para lucir un aspecto que le permita entrar en el recinto de la función sin contratiempos. Encontrar el lugar donde la muchacha del avión va a bailar no le ha supuesto ninguna dificultad, pues en el centro de la pequeña población sólo hay un edificio iluminado de aspecto regio con la bandera nacional izada. La observa: un fondo rojo con un rectángulo verde y una luna creciente blanca en el centro. Un enjuto funcionario monta guardia con un bastón en la entrada. Le muestra la invitación y este lee la nota escrita.

— Espere por favor.

Desaparece en el interior y vuelve enseguida con alguien más orondo que se presenta como el director del evento. Le saluda y le invita a entrar.

— ¿Así que usted es el periodista europeo del que me habló Miss Lilaa Devi?

Cae en la cuenta del pretexto utilizado por la muchacha para introducirlo en aquel acto oficial y con disimulo, asiente aparentando como tal.

"Me ha pedido que le explique los detalles de la función que está a punto de comenzar. Por favor acompáñeme. ¿Se conocieron en el avión, no es cierto? Miss Devi no había regresado a su país desde que marchó a los diez años".

— ¿Su país? La creía nativa del sur de la India.

— No exactamente. Su madre si lo es, pero en cambio su padre, Nassim Kandhumoos, un rebelde nacionalista del atolón Addu, era maldivo. Se conocieron durante un viaje en barco desde el

38

subcontinente al archipiélago.

El viajero sonrie al advertir cierta coincidencia en las circunstancias de aquel encuentro.

— ¿Conoce algo sobre la danza clásica India, Mr. Arthur?

— En verdad, apenas nada.

— Su origen se remonta a unos cinco mil años, a la antigua civilización del Indo –comenzó a explicar el funcionario–. El sabio Bharat recopiló todos sus movimientos en el siglo IV a J.C. y los codificó en su obra *Natyasastra*. De ahí proviene su nombre, *Bharata Natyam*. Se compone de varios movimientos: *Alaripu, Jatiswaram, Sabdam, Varnam, Padam, Javali* y *Tilliana* que representan la entrada al templo, la llegada al altar y el encuentro con la deidad...

De repente, las luces del salón se apagan y el director del evento detiene las apenas iniciadas explicaciones.

En el escenario, un candil cruza hasta llegar junto a una estatuilla de bronce representando a *Shiva Natharaj*. Poco a poco, se encienden otras lámparas. Unos músicos aparecen con sus instrumentos: una *veena*, una *tambura* y una *tablas* y se sientan sobre una alfombra en un lateral. Se hace un respetuoso, largo silencio.

Ya sin el chal que la cubría, Lilaa entra con sigilo en escena portando en sus manos unas barritas de incienso a modo de ofrenda. Se para y reza frente a la imagen. Viste un sari-pantalón de seda verde con orla carmesí bordado en oro, sobre una ajustada blusa morada que deja a la vista su cintura desnuda. De ella, abriéndose en abanico de pliegues perfectos, cae de nuevo el sari sobre sus tobillos cubiertos con cascabeles. Lleva los pies desnudos y las plantas teñidas con el mismo rojo empleado en los dedos de sus manos. Es la viva representación de las figuras celestiales talladas en los relieves tántricos de los templos de Khajuraho que había estado admirando en el norte de la India. Luce espléndida. De repente, el timbre melancólico de una *veena*, junto al repique de unas *tablas* preludia el comienzo de la danza. Sola, entre luces y sombras, parece de otro mundo. La música, el ritmo, los silencios y ocasionalmente, el canto de unos rápidos monosílabos –*sangeetam*–, aceleran, frenan, guían una sucesión de movimientos ancestrales que ella ejecuta con un sentimiento y precisión subyugantes. La expresión de sus ojos, la elegancia postural de sus manos, su cintura, sus hermosas caderas en voluptuoso escorzo, los giros de sus pies... todos sus movimientos resultan fascinantes. Un sublime equilibrio de sensualidad y misticismo.

Baila durante más de una hora en la que, sin interrupción, se suceden las distintas partes de la danza. Parece infatigable. Entregada al éxtasis interpretativo, estremece a todos los presentes, en especial, al viajero que se entusiasma ante aquel inesperado despliegue de belleza. Se siente cautivado, arrebatado, se abandona, se conmueve como nunca, tanto, que de pronto algo estalla en él, y ya nada parece existir si no es en ella. Cuando la danza, en un frenesí final de repente acaba, el mundo parece hacerlo también. Para entonces, ya se encuentra inmerso en un estado emocional que jamás antes había experimentado.

El director del evento impresionado, se gira y le comenta.

— Una interpretación memorable.

Sentado, Arthur guarda silencio. Jamás había visto bailar a nadie así y absorto intenta comprender lo sucedido. Siente sus ojos nublados, humedecidos por la emoción mientras una dicha desbordante le recorre y fluye palpitante en su pecho. Por vez primera desde su salida de Inglaterra no es más él quien viaja, sino aquél otro atrapado por el viaje mismo. Se inquieta cuando reconoce estar frente a una situación desconocida. Una única duda le asalta en esos momentos…¿Será ella, la divina Lilaa Devi quién lo empuje definitivamente a vivirla o quizá será la dulce muchacha de hermosa trenza y ojos oscuros? Se levanta resuelto hacia el camerino. Está decidido a averiguarlo.

Capítulo IV

UNA NOTA ESPERANZADORA

Sudorosa aunque exultante había acabado Lilaa su danza. Esa noche, se sintió trascender en el escenario. El baile era su yoga, su rezo, su vía para acercarse a la unión con la divinidad. Tremendamente celosa de aquellos momentos tan especiales para su alma se dirigió hacia el camerino no sin antes dejar una escueta nota para el viajero del avión y pedir que nadie la molestara. Necesitaba recogimiento para regresar poco a poco de ese peculiar estado.

Ya en el interior, encendió una vela y se recostó en el suelo sobre una alfombrilla. Cerró los ojos, respiró hondo y durante un tiempo indefinido, sus pensamientos se fueron alejando hasta quedar sumida en una profunda vigilia en la que visionó a su gurú Balasaraswati entrando sonriente en la habitación para felicitarla. No se extrañó, todo lo contrario. Esa peculiar facultad era un don familiar heredado de su desaparecida abuela al que cariñosamente solía llamar "el juego de Aila". Luego, escuchó pasos y se sobresaltó. Eran reales. Alguien estaba con ella en la habitación.

Entretanto, en la sala donde había tenido lugar la función, Arthur, tras cruzarse con el oficial británico al mando del Enclave en Malé se desesperaba por alcanzar el camerino.

— Permítame que me presente, soy el Mayor Philips – dijo saliéndole al paso–. Siempre es grato poder saludar a un compatriota en estas lejanas islas perdidas en el confín del mundo.

El viajero que no esperaba aquella inoportuna irrupción intentó disimular sus prisas y procuró ser atento para abreviar aquel encuentro.

— Gracias Mayor. Mi nombre es Arthur Green, también yo me alegro. Resulta increíble encontrar un oficial británico en un lugar tan apartado de Inglaterra.

El Mayor hizo un gesto de resignación.

— Es lo que tiene la política colonial. Hasta hace muy poco estas islas eran un protectorado del Reino Unido . Ahora nuestra presencia en ellas se debe al mantenimiento de una base militar en la isla de Gan. Por cierto, Sayyidmeiná me ha comentado que es usted periodista –añadió dejando entrever sus ganas de indagar.

—No, para ser preciso –contestó dubitativo.

Pero ante la incipiente mueca de sorpresa en el rostro de su interlocutor, rectificó improvisando:

—Suelo escribir en una revista sobre los lugares que visito para poder financiar mi viaje.

— Me han dicho también que tiene la intención de hacerlo sobre las Maldivas. ¿Es eso cierto?

— Así es, –repuso intentando aparentar algo de convicción–. Pensaba comenzar resumiendo la actualidad política del país. Aunque parezca paradójico, en la monárquica Inglaterra siempre hay gran interés por el nacimiento de una república.

El oficial sonrió con deferencia.

— No le será fácil, le auguro una cierta complejidad. Pase usted por mi oficina cuando quiera. Me complacerá ayudarle en su labor de documentación.

— Se lo agradezco. Estoy seguro de que será de interés todo aquello que me pueda confiar.

— ¿Va a estar mucho tiempo en Malé, Mr. Green?

— No lo sé aún, he llegado hoy mismo en avión y por lo contemplado desde arriba estas islas parecen maravillosas. Me gustaría visitar algunas de ellas.

— Vaya con cuidado. En tierra firme las nativas también lo son –apostilló con ironía.

El viajero se quedó sin saber que decir ante ese comentario y aprovechó la distensión del momento para despedirse con una educada sonrisa.

Cuando consiguió por fin zafarse del oficial y pudo llegar delante del camerino, el mismo enjuto funcionario que había encontrado a la entrada del recinto le impidió firme aunque con amabilidad el paso.

— Lo siento, no puede entrar. Miss Devi ha pedido expresamente que nadie la molestara.

Arthur no esperaba de ningún modo aquella respuesta y se sintió decepcionado por no haber contemplado esa posibilidad. Hasta ese instante había dado por supuesto que Lilaa deseaba verle de nuevo.

Recuperándose de su desencanto, atinó a preguntar.

— ¿Sabe si se encuentra bien?

— Sí, desde luego, solo está descansando. Es todo lo que puedo decirle.

Resignado, dio media vuelta mientras se preguntaba qué hacer ante esa situación. ¿Se precipitaba en su interés hacia esa muchacha? ¿Había valorado erróneamente el sentido de aquella intensa mirada cruzada en el avión? Deseoso de tener una respuesta decidió esperar su salida apoyado en una esquina mientras los invitados abandonaban el lugar y él se entretenía recordando su viaje. Pasado un tiempo, cansado de aguardar y a punto ya de desistir, alguien que parecía andar apurado atravesó la verja del edificio en dirección hacia él. Era el orondo director del evento.

— ¡Ah, está usted ahí! Le he estado buscando por todas partes. Tengo una nota de Miss Devi para usted. Me la entregaron después de su actuación. Pensé que ya no le encontraría; marchó usted tan de repente del lugar de la función.

— Lo siento –dijo con el ánimo de pronto renovado–, la danza ha resultado tan emocionante que necesitaba aire fresco y algo de soledad para reflexionar un poco sobre todo lo sucedido esta noche.

— Le entiendo. No siempre se llega a las Maldivas en un día tan especial. Por favor, recuerde escribir en su periódico la noticia del nacimiento de nuestra República, para este archipiélago es importante que el mundo lo sepa –apostilló sin demasiada convicción–. Buenas noches. Qué descanse.

En cuanto desapareció calle abajo, le faltó tiempo para abrir el sobre y leer la nota bajo la luz de la luna:

"Mañana al mediodía en el mercado del muelle".

A pesar de su brevedad, el corazón le dio un vuelco. Lilaa se había acordado de él y deseaba tener un nuevo encuentro. Al menos podía albergar alguna esperanza.

Animado por aquella cita se dispuso ya a marchar del lugar, cuando le llamaron la atención unas sombras saliendo del recinto. Se trataba de un hombre y una mujer caminando muy juntos. Esperó a que se aproximaran y al acercarse reconoció enseguida a una de ellas. ¡Era Lilaa entrelazando cariñosamente la cintura de su acompañante mientras este la rodeaba de igual modo!

Sintió como un enorme jarro de agua fría le caía encima. No era aquella la situación que con paciencia había estado esperando. Se ocultó en la oscuridad y dejó que se alejaran sin decir nada. Confuso, estuvo errando durante un tiempo por las calles intentando comprender lo que sentía hasta que pasada la medianoche regresó contrariado a la pensión. Al entrar se topó en la recepción con su propietario conversando con otros huéspedes. Este nada más verlo, le preguntó:

— ¿Lo ha pasado bien asistiendo a los actos oficiales?

El viajero se extrañó ante aquel interés, pues no recordaba haberle hecho ningún comentario al respecto.

Sin esperar respuesta, Abdhulá prosiguió:

—Dentro de dos días voy a ir hacia el sur del archipiélago para conocer a una nieta. ¿Quiere venir conmigo?

No estaba en aquel momento con el ánimo dispuesto a considerar una invitación sin sentido de alguien a quien apenas conocía. Aunque tuvo que reconocer que la proposición era atractiva y contestó con amabilidad:

— Se lo agradezco. Le prometo pensar mañana en ello.

Fatigado, se dirigió a su habitación y se dejó caer en la cama pensando en el futuro que le aguardaba. Lo sucedido hasta ese momento superaba cualquier idea previa que hubiera podido imaginar. La noche era calurosa. Apagó la luz y antes de quedar dormido su último pensamiento se entretuvo recordando el extraordinario baile de la muchacha del avión.

A la mañana siguiente Arthur despertó con la luz del alba que se colaba por una pequeña ventana de la habitación. Abrió los ojos y observó el giro cansado de un viejo ventilador colgado en el techo. Le agradeció sus servicios nocturnos. En el exterior se escuchaba cercano el canto de un gallo cumplidor y a lo lejos, el graznido de unos cuervos madrugadores buscando entretener el pico por calles y patios. Distraído, paseó su mirada por la estancia; ayer con las prisas por asistir al baile apenas tuvo tiempo en reparar en ella. La alcoba era sencilla aunque acogedora y su liso terrazo invitaba a pisarlo descalzo. Sus paredes modestamente encaladas con azulete, brindaban una agradable sensación de frescor; de una de ellas colgaba enmarcado el retrato enmohecido de un personaje con gafas vestido al estilo occidental. Le llamó la atención. Se levantó de la cama y pudo leer un nombre bajo el mismo: presidente Amin Didi.

Todavía somnoliento tomó la toalla de cuadros rosas que colgaba doblada sobre la única silla y salió en busca del baño situado al final del pasillo. Al abrir la puerta su austeridad no le sorprendió, pero si su limpieza nada común. En su interior, un cubo de latón con un pequeño cazo, pendía de una tubería junto a un desvencijado grifo. Mientras lo llenaba de agua tuvo tiempo para rememorar los pormenores que habían rodeado su llegada y dada la intensidad de los mismos, pensó que lo más prudente sería ir primero a visitar al Mayor Philips para pedirle información sobre las islas Maldivas.

Reflexionaba todavía sobre ello al regresar a la habitación cuando se tropezó en el pasillo con Abdhulá, que al verlo, le sugirió aprovechar la primera hora de la mañana para pasear por los alrededores de Malé.

"No le llevará mucho tiempo, apenas una hora" -dijo con intención de animarlo-. "Para cualquier otra cosa que necesite me encontrará aquí"

Por un instante quiso decir algo más, pero se contuvo.

El joven viajero no reparo en ello, en cambio le llamó la atención que aquella isla capital del archipiélago tuviera unas dimensiones tan reducidas. No se lo esperaba. Sin duda se encontraba en un lugar muy peculiar. Se vistió y salió dispuesto a averiguarlo, llevando consigo la nota de Lilaa citándolo al mediodía.

La pensión estaba situada al suroeste de la población en un barrio periférico. Al abrir el portal le cegó la luz del sol reflejada sobre una blanquísima arena que cubría la calle. Anoche, debido a la oscuridad, no había reparado en aquella singular blancura orgánica de la calzada que al repetirse en los muros de las casas confería al entorno orden y limpieza. Observó a su alrededor. Las viviendas eran de una sola planta con un pequeño porche y patio ajardinado. Se acercó a uno de sus muros; parecían construidos con una sorprendente argamasa hecha a base de fósiles marinos machacados que les daba un aspecto singularmente sólido e impoluto muy distinto al observado en otros lugares durante su viaje. Al comenzar a andar reparó de inmediato en la extrema tranquilidad reinante, algún peatón sin prisa, alguna bicicleta zigzagueando distraída por la vía. Se podía incluso escuchar el silencio, oler el mar y sentir el sabor a sal en el aire. ¡Qué ambiente tan opuesto al caótico bullicio vivido hasta entonces en la India! Animado por el sosiego siguió andando dejándose guiar por una suave brisa marina que le alejaba de la población hasta llegar frente a un palmeral. Llamado por la curiosidad buscó un sendero que se adentrase en él y al otro lado se topó con el océano rodeando mansamente una suave línea de costa. Extasiado, contempló el nítido color turquesa de sus aguas desplegándose magníficas hacia un luminoso horizonte azul. ¡Las islas Maldivas eran muy hermosas¡ No pudo resistirlo. Se desnudó y nadó feliz mientras consideraba qué le depararía el destino en aquel lugar tan calmo.

Era todavía temprano cuando llegó delante de la oficina británica. Antes de entrar se preguntó si el Mayor Philips se sorprendería por tan inmediata visita o si quizá le parecería lógica debido a su reciente llegada.

En cuanto el oficial lo vio llegar, salió de dudas.

— Esperaba que viniera hoy a verme. Pase por favor, siéntase cómodo. ¿Le apetece un té Mr. Green?

— Gracias Mayor, será un placer.

— Se lo puedo asegurar. Se trata de una excelente variedad proveniente de las mismísimas montañas de Haputale en Ceylán. Dígame, ¿qué puedo hacer por usted?

— Le voy a ser sincero. Esta mañana al despertar no quise engañarme y reconocí que no sabía nada en absoluto acerca de estas islas. Entonces recordé su amable ofrecimiento de anoche y consideré que venir a visitarle me podría ser muy útil.

— Ha hecho usted bien y le agradezco su confianza. No hay mejor viajero que aquel dispuesto a preguntar, aunque para no llevarse una decepción le aconsejo se dé una vuelta por la biblioteca local situada en la escuela Majeeddiya. Las Maldivas, amigo mío, debido a su peculiaridad geográfica es un territorio complejo. ¿Qué le gustaría saber?

Arthur que no tenía muy claro por donde comenzar, dudó y se encontró sin saber ni cómo preguntando...

— Ayer, Sayyidmeiná me comentó que el padre de Lilaa había sido un rebelde nacionalista. No tenía la menor idea de esas intrigas políticas en estas islas. Parece aquí todo tan tranquilo. ¿Le importaría explicarme algo más al respecto?

— ¡Ah, vaya! Veo que no se anda con rodeos. ¿Ha empezado ya a trabajar en su artículo o quizá su pregunta se debe al interés por esa señorita? Una fascinante mujer, por cierto.

— No le ocultaré mi admiración por ella –aseguró.

— Ni yo tampoco. Pero volviendo al tema, intentaré en la medida de lo posible satisfacer su interés Mr. Green. El señor Nasssim Kandhumoos fue un personaje controvertido que luchó por la independencia de los atolones del sur, y resultó ahogado al caer de una embarcación durante los enfrentamientos habidos con las tropas del sultán.

— ¿Por qué dice que fue controvertido?

—Verá, sobre Kandhumoos hay aquí diferentes opiniones. Desde el punto de vista británico fue alguien políticamente relevante en los acontecimientos históricos que han tenido lugar durante las últimas décadas, aunque para sus paisanos del sur fue mucho más que eso: un héroe nacional que murió defendiendo la creación de la secesionista República Suvadiva. En cambio, en Malé, entre los partidarios del depuesto sultán, se le considera un traidor a la corona que identifican con el principio del fin de sus anteriores privilegios. Y por último, para el gobierno actual, el padre de Miss Devi fue un político incómodo al que calladamente se le tiene un cierto respeto por haber sido el primer defensor de las ideas republicanas, pero a quien no perdonan haber sido uno de los ideólogos de las rebeliones independentistas iniciadas hace unos diez años.

— Por lo que explica me doy cuenta que el padre de Lilaa fue alguien en verdad comprometido y que el nacimiento de una república única en las islas Maldivas no ha sido nada fácil.

— Así es, no lo ha sido en ningún modo. Piense usted que este archipiélago formado por veintiséis atolones y mil novecientas islas de las cuales solo doscientas están habitadas, tiene una extensión de casi noventa mil kilómetros cuadrados y hasta hace muy poco tiempo había estado gobernado de manera autoritaria durante ochocientos años por el sultanato de la dinastía Hura.

— Resulta difícil de creer que se pudiera gobernar de esa forma un territorio tan singular y disperso.

—Tiene usted razón, por dicho motivo los atolones del sur se sublevaron e intentaron la secesión.

Le agradezco toda su información, Mayor. Voy a tener que investigar mucho para mi artículo. Seguiré su consejo y haré una visita a la biblioteca.

El viajero aprovechó esa observación para despedirse del oficial y marchar sorprendido por la complejidad política del lugar. Ahora sabía algo más acerca de la muchacha del avión; tenía un convulso e interesante pasado familiar e intrigado se comprometió a averiguar cuanto pudiera.

Enfiló sus pasos hacia el muelle. Era casi mediodía y faltaba muy poco para su cita, así que se entretuvo en el atractivo mercado al aire libre allí mismo ubicado. Se sorprendió con la increíble variedad de pescado y sobre todo de atún fresco que se amontonaba en cajas repletas dispuestas para ser embarcadas rumbo a la costa Malabar. Pescadores y comerciantes negociaban en voz alta las mejores ofertas en una suerte de animada subasta local; a su lado, conchas de tortuga y sacos llenos de hermosas caracolas, entre los cuales, le llamó la atención uno repleto de *caurís* que parecían esperar el mismo destino. Luego paseó entre los puestos de especies, frutas y verduras esperando a que Lilaa apareciera en cualquier momento. En una parte más calmada de aquel bazar portuario, un grupo de mujeres se arremolinaban alrededor de un tenderete con grandes pañuelos de vivos colores recién llegados de Cochín. Era agradable verlas con el rostro descubierto vistiendo alegremente el *libaas* tradicional, ajenas por completo a los velos y otras supuestas prohibiciones coránicas contempladas en otros lugares. Por fortuna para ellas –observó–, la rigidez del Islam no había llegado todavía a estas islas. Junto a ese alegre puesto otro menos concurrido vendía sobrios pareos de cuadros Madrás para los hombres, y algo más alejado de este último había un tercero que le llamó la atención: ofrecía cestos y cuerdas de fibra de coco. Su tendero insistió vehementemente para que se acercara y al hacerlo le mostró unas hermosas esteras de palma, procedentes de los atolones del sur, teñidas con tintes naturales y finamente tejidas con dibujos geométricos, que se esmeró en identificar como *kunas*. Al viajero le llamaron la atención, jamás había visto unas alfombrillas de tanta calidad.

Cuando alzó la mirada para preguntar por el precio de una de ellas se percató de que el comerciante estaba tenso e intentaba decirle algo.

— Mr. Arthur, le están siguiendo.

— ¿A mí? –respondió extrañado.

— Sí, a usted. Lo llevan haciendo desde que llegó al muelle.

—¿Cómo sabe mi nombre?

— Me han avisado de que vendría hoy. La que usted espera, en cambio, no podrá acudir a su cita. Ya no está aquí. Se ha tenido que ir lejos de Malé.

— ¿Lilaa se ha marchado? –dijo incrédulo–. ¿Adónde ha ido?

— Yo no puedo decirle más .

Perplejo ante aquella situación, vaciló sin saber qué hacer hasta que sobrepuesto preguntó:

— Si no puede, ¿quién entonces?

— Vaya hablar con Abdhula, él se lo podrá explicar. Pero antes cómpreme una *kuna* para no levantar sospechas.

Lo hizo con gusto, lo hubiera hecho de cualquier modo. Luego preocupado por aquel inesperado anuncio simuló deambular interesado entre el resto de las paradas e impaciente por saber qué podía haber ocurrido, regresó a la pensión contrariado por aquella nueva cita fallida. Desde que quedó prendado de esa muchacha las situaciones inusuales se sucedían. Su viaje a las islas Maldivas estaba tomando un cariz impredecible.

SEGUNDA PARTE

EL CORAZÓN MALDIVO

Para el hombre el corazón es el mundo
para la mujer el mundo es el corazón.

D. Grabee.

Capítulo V

NASSIM KANDHUMOOS

Nassim Kandhumoos, padre de Lilaa, había nacido en Feydhoo, una de las seis islas que conforman el atolón Addu situado al sur del extenso archipiélago maldivo. Lo hizo un atardecer de 1924, cerca de la orilla del mar y bajo la fresca sombra de unas plantas llamadas *magüs* que en la playa crecen abundantemente. Su madre Aila, una nativa de Fua Mulaku, había sido obligada a casarse muy joven con un viejo pescador viudo que había ofrecido por ella una importante dote. Para olvidar su pena y su mal llevada tristeza conyugal, solía ir a vender cocos a la base de apoyo naval británica existente en la vecina isla de Gan.

Desde esos remotos parajes hasta la capital de las Maldivas, se precisaban diez días de viaje a bordo del *vedi* Takufaani, la mayor embarcación a vela construida por aquel entonces en las islas del sur para navegar por el archipiélago y más allá. Fácil es de entender pues, que para la mayoría de los cinco mil pobladores de aquel lejano atolón próximo a la línea del Ecuador y perdido en medio de un océano inmenso, Addu, fuera el único mundo conocido. Un minúsculo universo de origen volcánico de dieciocho kilómetros de largo por diez de ancho con forma de corazón y apenas un metro sobre el nivel del mar, cuyos habitantes llevaban una vida sencilla de carácter matriarcal bien adaptada a las circunstancias de su pequeño territorio.

A cambio de esa bendita monotonía, disfrutaban de un entorno natural benigno sin animales dañinos y de gran belleza. Un verdadero edén de blancas playas, verdes cocoteros, generosos frutos y cristalinas aguas con abundante pesca y variedad de especies. En resumen, dejando al margen a los ingleses, vivían sin saberlo en el paraíso terrenal.

Para la mayoría de aquella gente nativa, las instalaciones de la base de Gan formaban parte de un entorno conocido desde su infancia sin embargo, aún les sorprendía que sus moradores hablasen otra lengua, vistieran diferente y sobre todo les costaba entender que pudieran vivir sin apenas compañía femenina.

Aconteció un día que un apuesto capitán galés de nombre Aberconwy recién llegado a la guarnición militar, quiso probar la afamada agua de coco que la joven Aila ofrecía a diario en el mercadillo local, resultando tan prendado por su dulzor como por los encantos de la mujer. La atracción y la necesidad debieron ser mutuas, ya que la entrega y posterior embarazo de la para nada resignada muchacha no tardaron en producirse.

Al percatarse de ello el que fuera por aquel entonces su viejo que no ciego marido, salió una mañana a pescar y ya no regresó. Nunca nadie supo si fue devorado por el despecho o por alguno de los tiburones que pretendía atrapar. Ella siempre se negó a desvelar las dudas sobre su preñez, pero lo cierto es que al nacer Nassim sus ojos eran tan verdes como los del seductor capitán.

Ese detalle debió de conmover al oficial, pues al crecer aquel rapaz, ordenó le dieran la oportunidad de completar su escolarización junto al pastor anglicano de la base mientras su madre y él se dedicaban a desatar sus pasiones. Al repetirse esas necesidades varias veces por semana, disfrutó de una educación amplia y prolongada muy distinta a la de otros niños nativos de su edad, de tal manera que si por las mañanas en la *makthab* memorizaba el Corán, por las tardes en la base con el padre O'Neill aprendía que Alá no tenía por qué ser el único dios y además, que en la vecina India los dioses podían ser muchos. Si en la escuela local le enseñaban a leer la lengua *divehi*, con el pastor a escribir y hablar en inglés. Si en la primera estudiaba la geografía del archipiélago, en la base naval la del mundo. Tal era el interés mostrado que enseguida advirtieron sus dispares maestros que a ese niño de ojos verdes le apasionaba saber.

Al cabo de unos años, siendo apenas adolescente, el capitán Aberconwy cansado de la tranquila vida en la base lo hizo llamar a su despacho. Nunca antes había cruzado una sola palabra con él. Ese día no obstante, en un tono cercano le habló sin ambigüedad de su paternidad y de las razones que habían impedido reconocerle como hijo suyo. En primer lugar, –le explicó– debido al riesgo que conllevaba para el futuro de su carrera militar y en segundo lugar, por el expreso deseo de su madre Aila de mantener de alguna manera la dignidad de su desaparecido esposo.

—¿Te gustaría preguntarme alguna cosa? –dijo al acabar de hablar sin estar muy seguro de tener que hacer esa concesión.

Nassim que nunca había sentido la falta de afecto paterno, de alguna manera suplido por el pastor O'Neill, no pareció muy impresionado por la revelación del oficial ya que aquel singular color verde en los ojos compartido, siempre le había hecho sospechar y al no tener nada que añadir preguntó por algo que siempre quiso saber:

— ¿Qué hacéis los ingleses aquí, tan lejos de vuestra casa?

Aberconwy que se había estado preparando para responder a una cuestión más íntima o incluso a escuchar algún reproche, se quedó perplejo ante la aparente inocencia de la pregunta. No era precisamente la esperada. Sorprendido, pareció reflexionar unos segundos evaluando si merecía la pena responder a semejante banalidad, pero como su hijo ya estaba ahí, frente a él, aguardando expectante, para no decepcionarlo contestó:

— Lo que yo pueda explicarte quizá no tenga demasiado sentido para ti. Mi país, cómo bien te habrá explicado el pastor, es también una isla aunque mucho más grande que Gan o que

Feydhoo y, por los mismos motivos que vosotros navegáis hacia otros atolones o hasta el subcontinente indio para traer aquello que precisáis, también navegamos nosotros a otros lugares. En Inglaterra comerciar y obtener riqueza es para muchos el motivo de su existencia.

— No lo entiendo muy bien. Nosotros solo tenemos cocos y unas pocas monedas entre todos .

— Bien dicho. Ciertamente no es por vuestro dinero por lo que estamos aquí –respondió indulgente–, tampoco es por vuestros productos ya que no tienen ningún valor para nosotros. Si los hubieran tenido, haría mucho tiempo que las islas Maldivas serían una colonia inglesa y no un protectorado…

— Entonces, ¿por qué no os habéis ido ya? –le interrumpió.

El oficial aún condescendiente le explicó.

— Addu es el único atolón maldivo en todo el archipiélago que ofrece un paso sin peligro para nuestras naves en la ruta desde Hong-Kong y Singapur hacia Inglaterra a través del Canal de Suez. Además, la laguna que forma su bahía es un refugio seguro para nuestros barcos y a cambio, pagamos unos tributos.

— ¿Y eso le parece bien al sultán?

El capitán frunció el ceño. Ese niño se estaba tomando muchas libertades. Luego recordó que aquel descarado era su hijo y en el fondo le enorgullecía de que no se conformara con esa primera explicación así que intentó disimular el gesto al continuar…

— En verdad, no fue ni tan fácil ni tan sencillo. En él año 1887 un oficial llamado Roodney Maloy, representando al Gobernador británico de Ceylán, se presentó en Malé con la intención de que las Maldivas aceptaran convertirse en una colonia inglesa, pero Mohamed Mueenudeen III se negó a firmar aquel documento aduciendo que la única protección que necesitaban era la de Alá.

Aquella respuesta le pareció a Nassim del todo convincente y envalentonado por ella, volvió a preguntar para saber cómo había acabado aquella historia.

El capitán halagado por el interés sobre un hecho histórico que le enorgullecía, contestó rememorando:

— Ante esa negativa, Maloy se marchó para regresar al poco tiempo con dos buques de guerra. De nuevo las autoridades de Malé se negaron a firmar y el oficial británico mandó entonces apuntar sus cañones hacia la población. Los asustó tanto que al final se firmó un acuerdo por el cual las Maldivas se convertían en una suerte de protectorado a cambio de unos tributos anuales.

La acción de aquel militar inglés no le gustó nada ni tampoco el entusiasmo del capitán al relatarla, pero deseoso de saber más cosas prefirió no importunar y aprovechar la buena disposición de su padre confeso para continuar indagando acerca de la carga que llevaban los barcos.

— Van repletos de especies y materias primas –le repuso–. Nuestra misión es asegurarnos el dominio de los territorios y de la ruta marítima para que los productos lleguen a su destino.

— El padre O'Neill me enseñó que eso mismo hacían también

los holandeses antes que vosotros.

El oficial otra vez volvió a fruncir el ceño.

— Sí, así es –contestó ahora malhumorado–. Por eso tuvimos que expulsarlos. No nos gusta repartir las ganancias con nadie.

Incómodo por aquella curiosidad incesante y por la deriva que tomaba la conversación, el capitán decidió darla por zanjada levantándose de su silla y, sin dar pie a una nueva pregunta le mostró, ahora sí, con orgullo su satisfacción por el buen aprovechamiento de sus estudios augurándole que serían de gran ayuda para el futuro de su comunidad. Por vez primera en todos aquellos años lo abrazó, un tanto forzado, y luego sin más le anunció su marcha. En breve iba a ser trasladado a Gran Bretaña.

Nassim retornó cabizbajo a casa sabiendo que el motivo de aquella primera y única conversación con su progenitor era su inminente marcha, pero también preocupado por la reacción que tendría su madre al volver de la vecina isla de Fua Mulaku donde se encontraba en visita familiar.

No andaba equivocado. Cuando Aila unas semanas más tarde regresó, rompió a llorar desconsoladamente por aquel repentino abandono y, despechada, se dispuso a hacer pagar el atrevimiento del capitán. Furiosa, se dirigió a la playa noroeste de la isla y gesticulando en dirección al rumbo tomado por su amante se puso a gritar maldiciéndole sin cesar. Así estuvo durante un tiempo hasta que desesperada aunque no resignada, al ver que no regresaba decidió partir en su búsqueda haciéndose a la mar en un pequeño *dhoni* rumbo a Inglaterra. Naturalmente, nada más se volvió a saber de la insensata y Nassim, de quien su madre se despidió diciéndole: "Regreso enseguida, voy a Inglaterra y vuelvo", se quedó huérfano en la base de Gan bajo la protección del padre O'Neill.

Capítulo VI

OTROS HORIZONTES

Para el falso padre O'Neill, hijo no obstante de un verdadero pastor anglicano irlandés, la vida cambió de repente muchos años atrás cuando todavía era un joven llamado O'Connor, estudiante de historia en la ciudad de Bristol y apasionado por los ideales republicanos. Tuvieron la culpa unas cuantas jarras de cerveza de más tomadas en un viejo pub del muelle que le llevaron a enzarzarse en una acalorada discusión sobre el apoyo al negocio esclavista de la monarquía británica. Ese tipo de opinión manifestada en una ciudad donde sus ciudadanos se habían enriquecido gracias a ello, provocó en el establecimiento una sonada trifulca a consecuencia de la cual murió a golpes uno de sus oponentes, siendo él por instigador de la misma, acusado de homicidio. Para escapar de la justicia huyó a Londres y haciéndose pasar por el recién ordenado padre O'Neill, merced al conocimiento de la liturgia aprendida de niño cuando ayudaba a su padre en los oficios religiosos, embarcó en el primer buque que zarpaba hacia la India en busca de otros horizontes.

Quiso el destino que esa nave en su periplo viajero recalara en el remoto atolón de Addu, y que en la estación portuaria británica establecida allí para el suministro de carbón a los barcos de vapor faltara aquel año de 1914, un pastor. Viendo en ello una oportunidad magnífica para rehacer su vida se ofreció voluntario para ejercer allí su falso ministerio.

Gracias a su antiguo interés académico y a sus reiteradas negativas a abandonar el puesto de clérigo en aquellas islas, se convirtió con el paso del tiempo en el mejor conocedor extranjero de la realidad del atolón, hasta el punto, de ser su opinión respetada y formalmente valorada por los sucesivos mandos de la base. Más allá del ambito espiritual, sus consejos no solo se extendían a asuntos estratégicos o de índole político, sino que incluían también la mediación en las no siempre fáciles relaciones entre nativas y soldados.

Nunca esa actitud tan alejada de su sagrada misión le había ocasionado problema alguno, hasta que un día el flirteo entre un capitán galés recién llegado a la base y una joven local acarrearon para él la penitencia de educar a un niño de ojos verdes fruto de aquellos devaneos amorosos. Al principio obedeció las órdenes a regañadientes, aunque con el paso de los años aquella obligada relación se convirtió en un profundo afecto casi paterno, que le llevó a emplearse en cuerpo y alma a su labor de tutor. Tal fue su entrega que, llegado el día en que aquel capitán decidió regresar a Inglaterra, el pastor creyó poder considerar a ese niño como el hijo que nunca tuvo y no dudó en aprovechar la ocasión para adoctrinarle sin objeciones ni censuras en sus queridos ideales republicanos, contrarios obviamente a todo tipo de monarquías o sultanatos.

Al cumplir Nassim los dieciséis años le aconsejó enrolarse como marinero de un pequeño barco mercante perteneciente a su tío Moosa Keulubé, hermano menor de su trágicamente desaparecida madre, para que pudiera conocer una realidad distinta a la vivida hasta entonces en Feydhoo. Fue una acertada decisión. Juntos navegaron durante años empujados por los vientos alisios a través del océano hasta Ceylán para intercambiar, como era costumbre en los atolones del sur, productos locales tales como pescado, copra, cuerda de fibra de coco y caracolas, por aquellos otros de necesidad en las islas: lámparas, keroseno, telas, o arroz. Los contratiempos de esos arriesgados viajes que requerían de gran pericia marinera así como los largos períodos de cuarentena a que estaban obligados antes de entrar en un puerto maldivo, sirvieron para reforzar sus lazos familiares y forjar una profunda relación de complicidad que mantendrían a lo largo de toda la vida.

Llegada la II Guerra Mundial la ruta marítima empleada en aquellas travesías se volvió en extremo peligrosa por culpa de los submarinos japoneses enemigos que, con sus ataques, evitaban la llegada de suministros a la isla de Gan reconvertida por aquel entonces en base militar estratégica. Durante ese período la supervivencia en Addu se vio muy agravada tanto por esa circunstancia, como por la orden del gobierno maldivo de prohibir todo comercio exterior que no fuera centralizado desde el puerto de Malé, al objeto de paliar la escasez reinante en la capital.

Ante la imposibilidad de poder viajar al subcontinente indio el padre O'Neill les sugirió entonces la posibilidad de comerciar con los buques ingleses fondeados en la misma bahía del atolón. La ingeniosa treta no gustó a los representantes del gobierno maldivo que, molestos por la burla de su prohibición, esperaron una tarde a que tío y sobrino regresaran de la laguna para darles un escarmiento. Tras arrestarlos, les golpearon y los tuvieron prisioneros en el interior de una choza durante varias semanas sin apenas comida para que sirviera de ejemplo al resto de la población. Esa acción arbitraria, desproporcionada y violenta, lejos de conseguir su fin provocó el enojo de la gente.

Tras su liberación, el minucioso relato sobre el trato recibido provocó un indignado levantamiento popular del cual fue informado el príncipe Hassan Fareed, que en nombre de su padre el sultán Majjed, presidía el Gobierno Maldivo establecido aquellos años en Ceylán. Para apaciguar los ánimos se trasladó inmediatamente hasta Addu y tras escuchar el relato de lo sucedido, castigó con el exilio a los funcionarios perdonando a la población nativa implicada en el levantamiento.

Para desgracia de las gentes del sur, durante su regreso, el buque británico en el que viajaba fue atacado por los japoneses resultando el príncipe Fareed muerto en el percance. Tras ese lamentable suceso, el viejo sultán Majjed que vivía retirado en Egipto, instó el nombramiento de su sobrino Amin Didi como nuevo regente de las Maldivas.

Amin aceptó el cargo y aquel mismo año de 1944, decidido a mostrar su autoridad, se trasladó hasta el atolón para iniciar de nuevo la investigación sobre aquel levantamiento popular. El anuncio de esa visita no gustó nada al padre O'Neill que, conocedor del recelo que el nuevo regente sentía por las gentes del sur, siempre críticas con el poder central, temió que las nuevas indagaciones pudieran traer esta vez problemas a su pupilo y para protegerlo, instó su nombramiento como hombre de confianza de la base y traductor oficial.

Al llegar Amin Didi, las razones esgrimidas por los nativos para justificar el levantamiento no sirvieron de mucho en esta ocasión, pues tal y como sospechaba el pastor, este venía decidido a aprovechar los sucesos para someter a la población y alejarles así de la mala influencia británica.

En una de las reuniones mantenidas al suspicaz regente le llamó la atención las expresiones cultas y el perfecto acento de aquel traductor que ni siquiera él, a pesar de su amplia formación en el extranjero, podía igualar.

— Te expresas muy bien en inglés –le dijo acercándose curioso a Nassim. Dime, ¿dónde lo aprendiste?

Aquella inesperada pregunta le pilló desprevenido.

— Lo hablo desde mi infancia gracias a las enseñanzas del pastor de la base –contestó reticente.

—¿Y qué más aprendiste con ese clérigo?

A medida que le fue relatando los pormenores de su educación y conocimientos, el interés de Amin Didi fue en aumento hasta llegar a la conclusión de que, dada la delicada situación política en Addu, no era prudente dejar allí a ese nativo joven e inteligente.

Antes de regresar, lo mandó llamar y le propuso:

— Como bien sabes he ordenado iniciar investigaciones en relación a los sucesos acontecidos que podrían traer problemas a alguien como tú –dijo con ironía–. No sería conveniente en mi opinión que algo así te ocurriera. Por tanto, te propongo que vengas conmigo y trabajes como profesor en la escuela Majeeddiya de la capital. ¿Qué me contestas?

La velada amenaza del regente y la inesperada posterior oferta le dejó desconcertado, de todas formas supo mantener la calma y vislumbrar que lo razonable dadas las circunstancias era agradecer con disimulo aquel ofrecimiento aceptándolo sin objeciones ni preguntas. Esa misma tarde, tras despedirse del padre O'Neill, compró el pasaje para viajar a bordo del Takhufani rumbo a Malé.

El desasosiego inicial por el obligado abandono del atolón donde había nacido le duró poco tiempo. Al llegar e incorporarse a su nuevo trabajo descubrió su capacidad para la enseñanza en aquella renombrada escuela de la que por sus méritos y a pesar de su juventud, no tardó mucho en ser nombrado director. A partir de ese momento y a raíz de los frecuentes encuentros de trabajo con Amin Didi para consensuar los planes de estudio, la relación entre ambos se fue estrechando cada vez más hasta que el regente creyó finalmente haber ganado a aquel culto nativo para su causa. A mediados de 1946, le corroboró su confianza al proponerle para su primera misión diplomática como representante del gobierno maldivo en el exterior:

—El viejo sultán Abdhul Majeed ha regresado de Egipto para hacerse una revisión médica en Ceylán –le comentó–. Quiero que vayas hasta allí, te ganes su favor como te has ganado el mío y averigües que hay de cierto sobre los rumores de su estado de salud. De cara a una futura sucesión, su posible vuelta a Malé es una cuestión de estado de suma importancia para mí.

Con ese objetivo Nassim zarpó de inmediato hacia Colombo, la capital de aquella enorme isla vecina, donde nada más llegar pudo constatar los graves problemas que aquejaban al sultán. Tras pedir audiencia logró mantener con él una conversación privada durante la cual, le confió su nula intención de retornar algún día al archipiélago así como su poco interés en volver a ejercer el poder. Cumplida ya la misión encomendada, se dispuso entonces a regresar sin demora para informar a su mentor de todas las pesquisas llevadas a cabo.

Fue justamente en aquél viaje de vuelta a las islas Maldivas, cuando Nassim conoció en la cubierta del buque a una muchacha india que se dirigía hacia el archipiélago para bailar en palacio. Y desde el primer instante, allí mismo, en medio del mar sin saber ni cómo, se enamoró de ella.

La joven Chandra era una mujer de formas redondas y contundentes, hija del brahmán del templo de Brihadiswara, aunque su madre, *devadasi* consagrada en aquel sagrado recinto, no descartaba que quizá lo pudiera ser alguno de los peregrinos que a menudo ofrendaban dinero al santuario para poder mantener relaciones sexuales con ella y de ese modo purificarse.

Poco después de tener la primera menstruación y siguiendo la tradición materna, su familia la llevó al festival de Muthaidu Hunimae en Saundatti un pueblecito de Karnataka, en cuyo templo iba a tener lugar, sin ella saberlo, la ceremonia de su iniciación. Al llegar al santuario de la diosa Yellamma que según la leyenda, era una virgen que había sentido un súbito deseo sexual al ver a dos seres celestiales haciendo el amor en la orilla de un lago, la entregaron a los sacerdotes después de advertirla de que hiciera a partir de entonces cuanto le ordenaran. Asustada por aquel repentino abandono se dejó llevar hasta una pequeña habitación donde sin más explicaciones aquellos hombres la desnudaron. De nada sirvieron sus desesperados ruegos. Nadie acudió en su ayuda. Desamparada, presa de pánico, tuvo que soportar que los *brahmanes* uno tras otro examinasen con minucioso y paciente interés su cuerpo mancebo al objeto de poder descubrir en él algún defecto físico desagradable. Acabada su exploración, enormemente satisfechos con la excelencia de la candidata, decidieron otorgar su venerable aprobación para que se convirtiera en una nueva *devadasi* aún sin quererlo.

Dispusieron entonces que comenzaran los singulares ritos de su *kalyanam puja* y a tal fin, ordenaron fuera llevada al patio exterior del templo para purificarla, cubriéndola tan solo con algunas ramas de *neem* que Chandra debía sujetar firmemente con la boca para evitar que cayeran al suelo. De esa guisa humillada la obligaron a correr tres vueltas alrededor del santuario en señal de sumisión mientras era jaleada por una multitud de peregrinos enardecidos con su presencia semidesnuda. Al acabar aquel recorrido, agotada por el cansancio, no opuso ya resistencia ninguna cuando unos devotos la sujetaron y casi desvanecida se la llevaron en volandas ante la imponente imagen negra de Yellamma para sentarla, a modo de ofrenda, sobre una estera de palma en la que fueron depositando flores, plátanos, cocos, hojas de *betel* y azúcar en sus esquinas con la intención de que la diosa complacida, aceptara a aquella candidata como futura consorte terrenal de *Shiva*, su divino esposo.

Su oblación virginal comenzó con repetidas invocaciones

solemnes, clamor de rezos y muchos inciensos humeantes para conseguir que la atmósfera del templo repleto de fieles se volviera cada vez más densa, agobiante, sobrecogedora. Los cantos litúrgicos y los *mantras* se fueron repitiendo sin cesar a su alrededor mientras que Chandra, amedrantada, con los ojos clavados en el suelo ni siquiera se atrevía a levantar la cabeza. Los *pujari* exultantes ante el temor visible de la muchacha, interpretaron aquella expresión como la prueba fehaciente de su sometimiento a Yellamma y enfervorizados por ello, hicieron sonar un hipnótico repique de gongs y campanas para anunciar a los peregrinos aquel momento álgido de la entrega. A medida que el éxtasis aumentaba en el recinto por la presunta presencia divina en aquella joven virgen y mientras todo ello ocurría, una lámpara de aceite símbolo de la conciencia, giraba y giraba sin cesar ante sus ojos turbándola hasta el delirio. Los fieles en su paroxismo, comenzaron a lanzarle pétalos de flores invocando a la diosa. El ambiente era equívoco, trascendente, no exento de cierto erotismo.

Al límite de su resistencia se hizo un silencio y por unos breves instantes pudo tomarse un respiro antes que los oficiantes se le acercaran de nuevo con el fin de verter ceremonialmente sobre ella, leche y distintos tipos de granos para simbolizar así la fertilidad que representaba.

Cuando ya por completo imbuida y desorientada por aquella liturgia envolvente creyó encontrarse en presencia del mismísimo dios, el *brahmán* principal le impuso de manera solemne entre el hombro y la cadera, el *thali*, un collar de hilos blancos y rojos que a partir de ese instante debería llevar siempre como distintivo de su nueva condición de cónyuge celestial. Ya no podría casarse nunca con un mortal. Se había convertido a ojos de todos, en una *devadasi;* una servidora del templo. Una esposa de *Shiva.*

Fue en ese momento mientras todavía se encontraba aturdida por lo sucedido y creía que la peor parte de aquella pesadilla ya había acabado, cuando de nuevo el sacerdote se le acercó y le explicó detenidamente cada una de las funciones que como tal esposa debería desempeñar a partir de ahora, haciendo especial hincapié en una de ellas: la de contribuir con la entrega de su cuerpo al mantenimiento del templo, la morada de su divino consorte.

Chandra, que no llegó a entender muy bien el alcance de aquella especial obligación, se sintió horrorizada cuando acto seguido le dijo al oído que comenzaría a cumplir con ese sagrado deber aquella misma noche, ofreciendo su virginidad al mejor postor entre los peregrinos deseosos de yacer con ella para lograr en ese acto, purificación y prestigio personal. Atónita, sin poder dar crédito a aquellas palabras, vio con estupor cómo la denigrante puja comenzaba en medio de una gran algarabía hasta conseguir su integro himen un alto precio para alivio de las vacías arcas del brahmán, que con evidente satisfacción, la entregó a un grupo de viudas devotas a fin de que la preparasen e instruyesen para la ocasión. Entre llantos de impotencia y desespero la llevaron a una estancia contigua al santuario donde la bañaron y perfumaron. Luego la cubrieron tan sólo con un sari rojo transparente que dejaba entrever sus prietas formas y tras explicarle todo aquello que se esperaba de ella como mujer, la dejaron sola, atemorizada, indefensa en la antecámara del templo esperando al ganador de la subasta.

Su desfloración por un rico comerciante de la localidad se produjo durante el crepúsculo, sobre las frías losas del templo, entre luces y sombras, sin goce alguno y bajo la terrible mirada vigilante de la diosa Yellamma.

Desde aquella iniciación su vida cambió por completo. De vuelta a casa siguiendo los ritos de su nueva condición comenzó a ser educada en las artes de la danza, música y canto hasta llegar a convertirse, al igual que sus antecesoras familiares, en una instruida esposa de la deidad, una autentica *apsara* celestial en la tierra y una deseada amante para los más acaudalados.

Ese era su mundo, cuando pasados unos años de aquella denigrante ceremonia, se dirigía en un barco hacia la capital de las islas Maldivas en su peculiar labor de recogida de fondos para el templo. Había sido invitada por un príncipe local prendado de sus encantos y de su arte después de haberla visto bailar en los salones palaciegos del rajá de Mysore durante una visita protocolaria. Fueron tan sensuales sus movimientos en aquella ocasión, que ese príncipe maldivo al comienzo recostado tediosamente sobre unos cojines de seda, despertó alborozado de su regio letargo para depositar extasiado entre los pechos de la bailarina fajos enteros de billetes nuevos de cien rupias. No obstante, ella, lejos de sentirse halagada por el reconocimiento de su arte o por la pasión desatada, se sentía íntimamente disgustada con aquella manera de vivir. Llevaba tiempo lamentándose de la pérdida del prestigio social que las *devadasis* habían disfrutado en otras épocas de mecenazgo por reyes hindús, cuya merma de riqueza y poder ocasionada por las invasiones mogoles y luego por la llegada de los ingleses a la India, habían empobrecido a los templos arrastrando a las bailarinas consagradas a él hacia formas de financiación equívocas y reprobables.

Cuando más insatisfecha se sentía, quiso el destino que en aquel viaje en barco rumbo al archipiélago maldivo conociera en la cubierta a Nassim Khandumoos, un funcionario de las islas enviado a Ceylán como representante del gobierno de su país. Provenían ambos de dos mundos antagónicos. Él, musulmán, ella hindú. Él, era inexperto en amores, ella no podía decir lo mismo; era una sirvienta de la divinidad, hija, nieta y bisnieta de otras tantas, entregada a las costumbres relacionadas con su condición que la comprometían a no ser mujer de un solo hombre. Pero así y todo, a pesar de que ninguno de los dos contemplaba la posibilidad de enamorarse, antes de que el barco amarrara en el puerto de Malé ambos lo estaban perdidamente el uno del otro.

Aquel encuentro fortuito en un lugar del inmenso mar mostró

a Chandra un horizonte, una esperanza, la oportunidad jamás antes contemplada de poder escapar de su *karma*. No lo dudó. Nada más llegar a puerto cambió sus planes y en lugar de dirigirse al palacio, se dejó llevar por aquel nativo arrebatador de ojos verdes y mirada inteligente hasta su humilde aposento entregándose a él con un gozo sin reservas.

Esa pasional decisión, sin embargo, estuvo a punto de tener graves consecuencias para ella. El príncipe, de nombre Muhammad, hermano menor del trágicamente muerto Hassan Fareed, molesto con el desaire de aquella bailarina infiel invitada a su corte, mandó cancelar el pago acordado al templo hindú por sus servicios, ordenando además, su expulsión inmediata del archipiélago.

Allí habría acabado con toda seguridad aquel idilio de no haber sido por el todopoderoso regente Amin Didi que, contento por las buenas noticias sucesorias traídas por Nassim desde Ceylán, persuadió al príncipe para que anulara la orden después de aconsejarle: "No es prudente ni oportuno políticamente en esos momentos ningún acto que pueda ser entendido en el país vecino como una venganza ahora que tu padre, el sultán, se encuentra invitado en la India pasando su convalecencia".

La hermosa *devadasi* empujada por su instinto y en contra de todo sentido común, no solo se había dejado arrastrar por los sentimientos rechazando un lecho real y exponiéndose a sus consecuencias, sino que asumió también aquellas otras mucho más arriesgadas para su *atman* sobrevenidas por no haber acatado el compromiso religioso que la ataba a la promiscuidad, al templo y a su cónyuge divino. Por fortuna Nassim la cuidaba, la amaba y hasta incluso el príncipe Muhammad parecía haber olvidado su enfado. Chandra lo tenía todo para sentirse feliz, pero no lo era; esperaba con ansiedad una señal que la redimiera de sus remordimientos por haber abandonado a su esposo celestial. Ese indicio no tardó mucho en llegar. Lo hizo de manera inequívoca tan pronto empezó a notar los primeros síntomas de embarazo, pues al bendecir *Shiva* su vientre, le anunciaba no guardar ningún rencor por su unión con aquel joven terrenal. Esta vez sí, su felicidad fue inmensa y sus temores a partir de ese momento se desvanecieron.

Al final de su deseada gestación parió una hermosa niña a la que no dudó en llamar, Lilaa, un nombre que se le antojaba bailar alegremente en su mente desde aquella su primera entrega apasionada al llegar a Malé.

Capítulo VII

REGRESO A ADDU

La nueva vida de Chandra en la capital de las Maldivas no fue fácil. El amor y la felicidad entre dos personas de religiones tan opuestas eran para el *mulá* de la mezquita de Hukuru Miski, poco menos que un escándalo. Tampoco ayudaba el pequeño tamaño de la isla ni el hecho de que no hubiera en la ciudad ningún templo hindú y esa circunstancia para alguien como ella nacida a la sombra de uno era muy difícil de sobrellevar. Por dicho motivo lo primero que hizo al llegar a la casita donde se trasladaron a vivir fue erigir un altar con la imagen de *Natharaj* bailando la danza de la formación del universo. A su lado colocó una estampa de *Ganesh*, el mensajero de las plegarias, una campanilla, inciensos y un candil con los que realizar diariamente los ritos del amanecer y de la puesta del sol. Estaba decidida a educar a su hija en la religión hindú; no quería que *Shiva* se enojara con ella después de haberle permitido el embarazo. Con alivio pudo constatar, que esa obstinada determinación no pareció importarle mucho a su tolerante esposo, siempre y cuando -le hizo saber-, pudiera explicar a Lilaa todo aquello que del pastor O'Neill había aprendido sobre otros dioses y otras culturas. Ella lo aceptó y consideró esa condición como un mal menor teniendo en cuenta el pensamiento islámico dominante en las Maldivas, así y todo, no pudo dejar de reflexionar ante él en voz alta: "Qué lástima no haber vivido en otros tiempos cuando estas islas eran todavía budistas...hubiera sido todo más sencillo". Nassim la miró condescendiente y sin darle mayor importancia concluyó: "quizá no te falte razón". Pese a aquellos reparos iniciales, no tardó en darse cuenta de que gracias a la persistencia entre la población maldiva de antiguas creencias animistas y a la tradicional organización matriarcal de la familia, la consideración y el respeto de la mujer era aquí mayor que en la India. Esta tolerancia le permitió integrarse mejor de lo que creía hasta que, transcurridos seis años de feliz vida en común, un suceso vino a cambiar su ya acomodada rutina. El anciano y ya muy enfermo sultán Abdhul Majeed, murió en su residencia de Ceylán y al conocerse la noticia en las islas Maldivas, Amín Didi hizo llamar de inmediato a Kandhumoos a su despacho. El regente sabía que había llegado su gran momento político.

— El Parlamento tiene la intención de nombrarme sucesor a la corona por delante del príncipe Muhammad –le confió nada más entrar por la puerta.

Y añadió a continuación:

—Quiero que me ayudes a decidir en este asunto tan delicado para mí.

El prudente consejero que por aquel entonces ya tenía serias dudas sobre la actitud autoritaria de su ambicioso mentor, entendió que sería bueno aprovechar esa disposición del Parlamento para proponer un cambio político más democrático en la dirección aleccionada durante años por el padre O'Neill. Así que le insinuó:

— Señor, el destino os ofrece la oportunidad de celebrar una consulta para abolir el sultanato, proclamar la República en el archipiélago y ser elegido su primer presidente.

Aquella sugerencia al regente no le desagradó, al contrario, de hecho llevaba tiempo pensando en esa posibilidad que le permitiría deshacerse de los descendientes del fallecido sultán pretendientes al trono y mantener su poder sin injerencias. Así pues, celebrado aquel año de 1953 un referéndum popular, sobre el que no fue difícil influir, las islas Maldivas dejaron de ser un reino para convertirse en una república por vez primera en toda su historia. No obstante, la alegría inicial por aquel cambio de régimen le duró muy poco a Nassim ya que el recién nombrado presidente Amin, enfermó de repente y a causa de su delicado estado de salud tuvo que ser trasladado de urgencia a Colombo. Esa desafortunada coyuntura, fue aprovechada de inmediato por los seguidores del depuesto sultán para provocar disturbios en la capital y pedir su regreso al trono. Disgustado por aquella maniobra que dio al traste con el incipiente gobierno y acabó con la restauración del sultanato, se conjuró para no ceder si algún día volvía a tener la oportunidad de ver instaurados sus ideales políticos. Tras aquel decepcionante suceso y el posterior destierro de Amín Didi, sintió que había llegado el momento de marchar de la isla de Malé. Ahora temía por su seguridad.

— Voy a dejar mi cargo en la escuela –dijo a su esposa al llegar a la casa.

— ¿Qué ocurre?, ¿qué está pasando? –preguntó inquieta.

— Desde las camarillas de palacio llevan tiempo señalándome como alguien ideológicamente contrario al régimen de la dinastía Hura. Son ya muchos años explicando a mis alumnos las ventajas de tener una república en este país. Aunque no se trata únicamente de mis ideales, también temo por nosotros. Tengo la impresión de que el príncipe, convertido en el nuevo sultán Muhammad, está esperando la oportunidad para saldar viejas cuentas con nosotros ahora que ya no podemos contar con la protección de mi mentor.

— Eres esclavo de tus principios, algún día te arrepentirás.

— No puedo evitarlo –repuso, disculpándose.

— ¿Qué vamos a hacer ahora?

— Creo que deberíamos partir lejos de la capital y sus intrigas. He estado pensando que lo más prudente sería ir hacia el sur, regresar al atolón Addu. Puede que así se olviden de nosotros. Allí tengo amigos que nos protegerán y donde no tendremos nada que temer. Además, me agradaría que tú y Léela conocierais Feydhoo, la isla donde yo nací. Sé que os gustará.

A pesar de que esa decisión representaba para Chandra comenzar de nuevo su vida en otro lugar cada vez más alejado de su país y de su cultura, no se hizo de rogar. Al fin y al cabo mientras se sintiera enamorada de su esposo y pudiera estar a su lado su hogar estaría siempre allá donde él fuere.

Después de aquella conversación el curso de la vida siguió durante un tiempo con el mismo quehacer de siempre. Incluso se preguntó extrañada si Nassim no habría cambiado de opinión, pero una mañana al verlo llegar corriendo desde el muelle se dio cuenta de que andaba muy equivocada. Simplemente había estado aguardando el momento oportuno para partir.

— El *vedi* Takhufaani ha llegado a puerto –le anunció–. Recoge nuestros enseres y avisa a la niña. Zarpa esta tarde de regreso.

Y añadió intentando no darle mayor importancia:

—Antes debo ir por última vez a mi despacho. Allí guardo con gran aprecio unas *tablillas* antiguas muy valiosas que quiero entregar al bibliotecario de la escuela para su custodia.

Nunca aquella pesada embarcación de tres palos, velas cuadradas y casi cien toneladas había navegado tan veloz. Empujada por vientos favorables del noreste parecía tener prisa por llegar a Addu y mostrar todo lo acontecido durante esos años de ausencia. Hasta el mar interior que comunica todo el archipiélago presentó su mejor lámina para hacer aquel viaje más placentero. Chandra quiso ver en esos pormenores una señal auspiciosa por la decisión tomada y aunque paradójicamente, a ella nunca le había gustado navegar, la vida le reconocía sus esfuerzos cada vez que lo intentaba premiándola ora con el amor, ora con la felicidad que mostraba a bordo la pequeña Lilaa, sin duda, herencia marinera de su padre. Una semana después el viejo *vedhi* se adentró en la laguna de la isla de Feydhoo y tras amarrar en un muelle de madera construido sobre unos troncos hundidos en la arena, sus pasajeros desembarcaron bajo la mirada curiosa de numerosos nativos que al distinguir la singular silueta del Takhufaani en el horizonte salieron a recibir al navío.

La noticia del retorno de Nassim Kandhumoos se extendió rápidamente. A pesar de los años transcurridos sus paisanos le recordaban con afecto y le mostraron enseguida su alegría por aquel regreso, si bien es cierto que alguna muchacha se sintió muy decepcionada al verlo acompañado de esposa e hija. Querían saludarlo, estar junto a él para que les contara anécdotas de la vida en Malé, del regente, del nuevo sultán y de la breve República. En las lejanas islas del sur eran escasas las oportunidades para conocer de primera mano la vida pública de acaecida en la capital del archipiélago.

Él, por su parte, estaba satisfecho de haber vuelto con su familia a ese mundo sencillo lejos de las tensiones del gobierno. Deseaba mostrarles el humilde poblado donde había nacido con sus luces y sombras proyectadas a través de los frondosos árboles que lo cubrían, así como la casita de su madre en la que había vivido hasta su partida. Quería que conocieran a su tío, a sus viejos amigos, al padre O'Neill y aquel entorno feliz de su pasado para poder compartir juntos esa vida tranquila.

Chandra también se mostró contenta con lo que vio a su llegada. Su nueva casa, el antiguo hogar de Aila, estaba situada al final de un sendero junto a un *flamboyán* de flores rojas cuyas semillas –le estuvo contando su esposo–, fueron traídas por un antepasado suyo de Madagascar después de haber llegado hasta ahí empujado por las corrientes marinas. Sus paredes aparentaban estar en buen estado y resultaba evidente que alguien se había preocupado de mantenerlas. Solo la techumbre necesitaba una reparación urgente. Del jardín no quedaba nada, excepto unas plantas muy significativas llamadas *kendufu*, protectoras de los malos espíritus, un árbol de *jack* y una bananera sin frutos. Así y todo, la casita se le antojó encantadora. Tenía una cierta privacidad y parecía bien resguardada del viento y la sal, gracias a un palmeral de apreciadísimos *kings coconuts* amarillos. Sí, sin lugar a dudas, después de unos pocos arreglos sería un hogar maravilloso donde amar a Nassim y ver crecer a su hija –se dijo convencida–. En cuanto a la pequeña, no tardó mucho en entusiasmarse con la isla tras encontrar oculto entre la vegetación un pequeño *bokkura* con el que poder ir al mar. Su padre, al verla tan ilusionada, le prometió repararlo si mientras tanto permanecía a su lado aprendiendo y escuchando antiguos cuentos *divehi* que se perdían en el tiempo.

En las siguientes semanas la isla de Feydhoo fue revelando poco a poco a madre e hija sus secretos; tenía forma de caracola y medía kilómetro y medio de largo por tan solo medio de ancho. Al oeste un estrecho canal de apenas setenta metros la separaba de su vecina Maradhoo y en otro extremo, aproximadamente a seis veces esa distancia, se encontraba la isla de Gan con las instalaciones de la base militar británica. Su costa norte, aquella que miraba al interior del atolón era llana y recta, facilitando así el paso de la gente de un extremo a otro. En cambio la costa sur, más sinuosa y abierta al océano no era tan concurrida pero resultaba encantadora gracias a la contemplación desde la playa de unos verdes y exuberantes islotes cercanos.

El poblado sin grandes edificios ni grandes calles estaba ubicado en el centro de la isla bajo la fresca umbría de un claustro de árboles. Las casas vecinales, siguiendo la tradición, se distribuían cercanas unas a otras caprichosamente orientadas según los auspicios astrológicos para cada familia. Tenían los muros de barro y un tejado formado por haces de hojas de palma trenzadas llamadas *farigi* sujetas con cuerda de fibra de coco. Unos *medovatee* a modo de jardín las rodeaban y permitían la comunicación entre ellas formando un acogedor conjunto con un marcado carácter rural muy distinto al de la capital del archipiélago donde habían estado viviendo.

Todo fue bien durante los primeros meses hasta que el

ausente Moosa Keulubé, volvió de un largo viaje a Ceylán. En cuanto Nassim tuvo noticia de su regreso fue raudo a visitarlo a su casa situada en la isla de Maradhoo. Hacía años de la última ocasión en que ambos habían coincidido en Malé a raíz de un viaje comercial de su tío, y como cabía esperar después de tanto tiempo su reencuentro estuvo lleno de alegría. Sin embargo, Moosa no pudo ocultar un gesto de preocupación al abrazar a su sobrino.

— ¿Qué ocurre, tío? –preguntó extrañado.

Hoy he recibido un aviso del jefe del atolón convocando al Consejo por a una cuestión grave relacionada con ciertas órdenes procedentes del gobierno central.

— ¿Y cuál es ese asunto de tanta importancia?

— No lo sé. Esperaba que fueras tú, que trabajaste con Amin Didí quien me lo contara.

—Te aseguro que no imagino qué ordenes puedan ser esas –admitió perplejo.

—En ese caso, ven conmigo. Acompáñame a la reunión y ambos saldremos de dudas.

De constitución delgada, aguda mirada, gruesos labios y mentón firme, el *atholhu veriyya* Abdhull Afeef tenía presencia de líder y un reconocido talante negociador. Venía de una familia rica e influyente y era una persona educada, y muy respetada. El día en que los funcionarios del gobierno maldivo se presentaron en su casa para informarle de las nuevas medidas tomadas en la capital para modernizar la vida en las islas, alarmado por estas convocó con urgencia una reunión de jefes.

Pensativo, balanceándose en un viejo *undoli*, Abdhull Afeef al ver entrar a Nassim recordó enseguida a aquel joven protagonista de pasados tiempos revueltos. Conocía su vida gracias a los amigos que tenía en la capital y se alegró al verlo de nuevo en Addu. Ese joven idealista con su experiencia y conocimiento de la vida política podría ser de gran ayuda en los tiempos que se avecinaban. Una vez todos los *katheebs* hubieron llegado a la casa empezó diciendo:

— Hace ya unos cuantos años Amín Didi dictó una ley para modernizar la imagen del país, según la cual, en todas las islas habitadas debía comenzar una transformación de la estructura tradicional de los poblados a semejanza del modelo ya iniciado en Malé.

Los presentes se miraron con extrañeza al escuchar esas palabras. Afeef continuó hablando:

— Al ser depuesto Amin de su cargo de presidente yo confiaba en que el nuevo gobierno aboliría esa ley, pero por desgracia los actuales dirigentes insisten en su cumplimiento.

Los murmullos denotaron esta vez inquietud.

— Esas órdenes llevan ya tiempo ejecutándose en las islas del norte –reveló–, y ahora pretenden que esa transformación se inicie cuanto antes en los atolones del sur.

— ¿Pero qué es exactamente lo que quieren que hagamos? –

preguntó entonces Moosa, intentando valorar la importancia de aquella propuesta.

El jefe del atolón los miró a todos preocupado:

— En cada una de las islas tendremos que abrir una avenida recta desde la playa y reubicar a ambos lados, las nuevas casas de la población.

Los reunidos quedaron pasmados ante la noticia.

—Pero aún hay más –añadió con gravedad–. Las viviendas deberán ser reconstruidas con sólidas paredes de argamasa coralina extraída del mar y tejas de barro en lugar de hojas de palma. A tal fin todo hombre útil deberá emplear su tiempo para trabajar en dicho proyecto.

Al escuchar aquellas condiciones las protestas fueron unánimes. No podían dar crédito a que semejante barbaridad fuera cierta. Extraer ese material sería muy costoso. ¿Se había vuelto loco el gobierno? ¿Quién iría a pescar y traer el alimento para las familias? ¿De dónde sacarían el tiempo para construir esa calle central y sus nuevas casas? Y, sobre todo, ¿cuál era el motivo de esas órdenes arbitrarias?

Fue Nassim, desconocedor de aquellas medidas dictadas por quien había sido su mentor, quien alzó la voz:

— Amín fue educado en el extranjero y al parecer se vio deslumbrado por las grandes avenidas y la solidez de las ciudades donde estuvo. Su idea de progreso estaba asociada a ello. En el fondo, desconocía la cultura *divehi*. No la comprendía porque en realidad nunca la había vivido.

Entre los reunidos se empezó a notar un profundo malestar. No podían entender que en la capital quisieran acabar con una manera de vivir que les había permitido una convivencia equilibrada tanto con el entorno como con las tradiciones y el territorio.

Ante el desconcierto de los presentes, volvió a intervenir.

— Conociendo a Amín Didi, creo estar convencido de que la primera rebelión de 1944 acontecida en Addu fue para él un aviso a tener muy en cuenta.

—¿Qué quieres decir? Explícate.

—Temía que algo así volviera a suceder. Por eso debió dictar esta medida que bajo la apariencia de progreso, no era sino una excusa para ubicar las casas de manera visible y reforzar el control sobre la población.

— Pero por qué si Amín ya no gobierna, el nuevo sultán no ha derogado esa orden –se preguntaron entonces.

—Al parecer esa decisión del que fuera regente no le desagrada en absoluto, al contrario, comparte sus temores. No me extrañaría nada que en esas avenidas centrales pretendiera algún día realizar un desfile militar.

Su tío habló entonces para afirmar…

— La mejor manera de atemorizar a una población es haciéndole perder sus raíces. Este tipo de obras contrarias a nuestras costumbres van a provocar mucho malestar.

Todos estuvieron de acuerdo.

Nassim, disgustado, sugirió la posibilidad de enfrentarse al gobierno central tal y como ya habían hecho con anterioridad en el pasado.

—Tenemos que empezar a considerar la posibilidad de ser independientes –dijo con firmeza–. Nos iría mucho mejor si no tuviéramos que estar sujetos a los caprichos del sultán. Deberíamos comenzar a reflexionar seriamente sobre ello.

Abdhull Affef lo miró con satisfacción. Ese joven tenía las ideas muy claras. Pero el camino para la independencia no iba a ser fácil aunque pudieran contar, casi con toda seguridad, con el beneplácito solapado de los británicos que en aquel hipotético escenario saldrían beneficiados. El proceso sería largo y costoso.

Al finalizar la reunión, tío y sobrino regresaron comentando aquel aspecto que por temor nadie había querido plantear ni siquiera insinuar en el Consejo. "Una gran calle central abierta hasta la playa iba a permitir el fácil acceso de los malos espíritus al interior de los poblados y sus graves consecuencias iban a ser totalmente imprevisibles". De nuevo se avecinaban tiempos de dificultad en el atolón Addu.

Al llegar a casa, Chandra notó la preocupación en el rostro de su esposo. Una inquietud que ya no le abandonaría y que por desgracia, fue en aumento cuando el gobierno central autorizó construir en la isla de Gan una pista de aterrizaje para la RAF. Así y todo, ese malestar creciente entre la población no les impidió vivir todavía cuatro años muy felices juntos aunque al final, la política y los ideales republicanos imbuidos por el padre O'Neill cada vez ocuparon mayor espacio en su vida familiar hasta conseguir complicarla tanto, que madre e hija tuvieron que abandonar Feydhoo buscando refugio seguro en la India ante los disturbios que se avecinaban en el atolón.

Después de aquella obligada partida, tal y como se preveía, se iniciaron una serie de revueltas populares y enfrentamientos violentos que acabaron aquel año de 1958, con la declaración de independencia del poder central y la proclamación en las islas del sur de la República Suvadiva.

TERCERA PARTE

EL RUMBO DEL DESTINO

*Todo secreto revelado es culpa
de quien lo ha confiado.*

La Bruyère.

Capítulo VIII

PRISIONERO

Cuando Nassim Kandhumoos cayó de la embarcación desvanecido tras recibir un fuerte golpe en la cabeza, sus compañeros no se percataron de ello y siguieron luchando. Al recuperar el sentido se encontró en la playa, preso del grupo armado al que se había enfrentado esa misma tarde. Mientras se lamentaba de su mala fortuna, Sayyidmeiná, jefe de aquella expedición militar, descubrió en aquel rostro ensangrentado unos ojos verdes singulares. Tiempo atrás, siendo todavía un guardia al servicio del depuesto regente, había reparado en ellos cada vez que aquel hombre visitaba el despacho de Amín Didi, hasta que un buen día ya no volvió a verlo. Años después justo antes de partir con la misión de enfrentarse a los rebeldes, le contaron que aquel antiguo consejero se había ido a vivir al sur y se había convertido en uno de los instigadores de la secesión, un líder peligroso para el sultanato. Ahora ese hombre estaba en sus manos y vislumbró ante sí un golpe de suerte, la gran oportunidad de hacer méritos ante el sultán y lograr un puesto que colmara su ambición política. Lo mandaría fusilar al amanecer para dar un escarmiento a los sublevados y conseguir así sofocar la rebelión.

Al comunicársele a Nassim su cercana ejecución, se asustó. La repentina posibilidad de morir no la había contemplado en absoluto, quizá por eso, un rayo de esperanza cruzó por su mente al observar que la expedición militar para evitar un ataque en la oscuridad, se dirigía a la base de Gan con la intención de pernoctar. La intuición no le falló. El centinela de guardia alertó al padre O'Neill y este, al saber del apresamiento de su protegido no tardó en acudir en su auxilio presentándose ante su comandante.

—Me han informado de que habéis hecho un prisionero durante el enfrentamiento en la playa –preguntó fingiendo un protocolario interés.

— Así es, –le contestó dejando entreveer su malestar por aquella inesperada intromisión.

—¿Y qué tenéis pensado hacer con él?

—Lo haré fusilar al amanecer –repuso a regañadientes al tener que dar explicaciones.

El pastor intentó disimular su inquietud al escuchar aquella respuesta.

— No tengo intención de inmiscuirme en un asunto local que en nada nos afecta a los británicos, pero ya que sois nuestros huéspedes, ¿puedo preguntar por el motivo?

Sayyidmeiná lo miró con desconfianza unos momentos antes de responder con desdén:

— El sultán está enojado con los rebeldes y desea imponer su autoridad en los atolones del sur. La muerte de uno de sus cabecillas nos ayudará apaciguar la insurrección y a poder regresar a Malé convertidos en héroes.

El sagaz clérigo se dio cuenta enseguida de las ambiciones que albergaba al escuchar el énfasis con que había pronunciado esa última frase, y aparentando reflexionar le dio su parecer.

— Conozco la determinación del sultán aunque también sus temores políticos y sé que no le gustaría perder la ocasión de interrogar al prisionero, sobre todo, tratándose como dices de un importante cabecilla. Ese hombre puede tener información valiosa. Si lo matas sin consultarle puede que desates su ira.

El comandante conocedor de la astucia del padre O'Neill, siempre presente en todas las negociaciones de los ingleses con el gobierno maldivo, dudó en ver cumplidas sus expectativas de recompensa.

— ¿Qué sugiere que haga? –objetó contrariado.

El pastor sonrió para sus adentros al ver que había conseguido sembrar la incertidumbre y entonces respondió sorprendentemente...

— Ambas cosas a la vez.

Sayyidmeiná se lo quedó mirando en silencio sin entender

que quería decir, esperando a que le aclarase aquellas palabras.

—Si necesitas su muerte diremos que murió ahogado durante los enfrentamientos. Esa noticia será suficiente para los fines que persigues y de esa manera podrás llevarte al prisionero vivo hasta Malé. Es una buena solución para ti. Tienes mi palabra de que los británicos colaboraremos en el engaño.

Tras escuchar con interés y sospesar las ventajas de aquella imprevista propuesta, el comandante acabó por aceptar el plan sugerido. Sin duda, -pensó- era la mejor manera de asegurarse los favores del sultán.

— Y ahora permíteme que hable con el prisionero para tranquilizar su espíritu -finalizó O'Neil en un tono pastoral, al despedirse.

— Si, claro. Vaya a verlo -repuso el comandante satisfecho por el consejo recibido.

Conseguido su objetivo el pastor se alejó y se dirigió inmediatamente hasta la celda donde se encontraba Nassim muy preocupado.

— No temas, no te van a fusilar. He conseguido que te trasladen en secreto hasta la prisión de la capital y eso, aun siendo malo nos abre una puerta a la esperanza. A cambio, quieren que corra la noticia oficial de tu muerte. Creen que eso les ayudará a controlar la rebelión.

— Gracias padre por salvarme la vida, pero usted y yo sabemos que ese tipo de anuncio va a producir el efecto contrario. En cuanto se sepa, habrá más motivos entre la gente para proclamar en Addu una república independiente.

— Estoy de acuerdo contigo. No obstante, cuando eso ocurra ya no estarás aquí, aunque tampoco tu situación será para alegrarse. De la prisión de Malé se saben cosas terribles. ¿Crees que vas a poder resistir en ella durante un tiempo?

— ¡Estoy preparado!

Al oír la determinación con que había pronunciado esas palabras lo abrazó intentando darle ánimos:

— Confía en mí. Mañana mismo voy a hablar con el Mayor Phillips de tu situación. Emplearemos todas las influencias a nuestro alcance para conseguir cuanto antes tu liberación.

— Que Alá le escuche, aunque ahora lo único que me preocupa es el sufrimiento que pueda causar esa noticia de mi falsa muerte –y tras reflexionar añadió–; de todos modos es mejor que así sea, si Chandra supiera que sigo vivo no dudaría en regresar y ponerse en peligro. Ella debe cuidar de nuestra hija.

— Bien dicho. Tu padre el capitán Aberconwy estaría muy orgulloso de tu valor.

Nassim se quedó desconcertado al escuchar esas palabras. No recordaba haberle explicado nunca al pastor la conversación mantenida hacía años con el capitán sobre su paternidad.

— ¡Entonces, lo sabía! Sabía que era él. ¿Cómo es que nunca me hizo ningún comentario?

El pastor puso cara de resignación.

— No lo hice por respeto a la decisión tomada por tu madre de mantener silencio en este asunto. Yo admiraba mucho su coraje y sus extraños conocimientos, incluso entre la guarnición se llegó a comentar que Aila lo había embrujado no solo con sus encantos sino también con sus hechizos. Lo cierto es que a pesar de encontrarse enamorados el uno del otro, el capitán sentía un amor todavía mayor por su carrera militar. Por eso se marchó.

— En aquella época yo era muy joven y no comprendí el motivo de aquella partida –aseguró–. Ahora en cambio, después de haber enviado a mi familia a la India para poder continuar con esta lucha, pienso muy distinto.

— ¿Qué insinúas?

— Verá padre, al dar yo también prioridad a mis ideales políticos, me he dado cuenta de que actué igual que hizo el capitán. Debo reconocer dadas las circunstancias que me equivoqué gravemente. Hubiera tenido que hacer caso a Chandra y haberme ido con ellas.

Se quedó pensativo por unos instantes...

— Quizá también mi padre haya podido arrepentirse de su decisión de regresar a Inglaterra.

O'Neill se lo quedó mirando al tiempo que consideraba esa posibilidad.

— Puede que algún día llegues a saberlo. Ahora de nada sirve lamentarse. Yo mismo cuando era joven hui de mi país por mantener mis ideas y si te tengo que ser sincero, tal y como me han ido las cosas no me arrepiento en absoluto. No pienses más en ello. El tiempo dirá si estuviste acertado o no.

Hizo una pausa para que reflexionara sobre lo dicho y luego añadió:

—Voy a llamar al médico de la base para que te vea esa herida que tienes en la cabeza; necesita sin falta una cura y de paso, aprovecharemos su visita para que te entregue unas bolas de opio.

—¿Unas bolas de opio?

—Si te torturan las necesitarás. Guárdalas escondidas en la suela de tus zapatos y utilízalas para paliar el dolor.

A la mañana siguiente, Sayyidmeiná partió satisfecho con el prisionero rumbo a Malé; la acción militar había sido todo un éxito y estaba convencido de que iba a ser premiado por sus esfuerzos. Nada más llegar a la capital se dirigió exultante al palacio. El sultán Muhammad Fareed al conocer los resultados de la expedición se congratuló visiblemente, no solo por haber conseguido sofocar la rebelión sino también por la inesperada captura de aquel antiguo consejero de la maldita República y, que además, era el esposo de la bailarina que desdeñó su lecho real ¡Al fin, iba a poder vengar ambas afrentas! En agradecimiento por los servicios prestados al sultanato, nombró a Sayyidmeiná nuevo Jefe de la Policía.

Tras abandonar satisfecho el comandante la sala de audiencias por aquel cargo que iba a permitirle obtener prestigio, acceso a favores y a concesiones comerciales, se dispuso a seguir haciendo méritos ordenando torturasen al preso para sonsacarle los nombres de los principales implicados en la rebelión. Pero esta vez sus esmeros de poco le sirvieron; el prisionero increíblemente no dijo ni palabra. Parecía inmune al dolor. Harto de su arrogancia ordenó entonces que lo azotaran con una vara de madera hasta que tuviera la espalda en carne viva y luego vertieran polvo de chili en sus heridas hasta que Alá le concediera la muerte. Por suerte para Nassim, Alá el misericordioso tenía otros planes para él y no estaba por la labor de dejarlo morir. Justo cuando todo parecía perdido, un oficial británico se presentó en la prisión con el mandato expreso del sultán de mantener al prisionero con vida a toda costa.

Esas órdenes no fueron del agrado de Sayidmeiná que muy a su pesar obedeció y mandó le curaran las heridas. Desde entonces la situación de Nassim en la cárcel mejoró de forma ostensible: las torturas acabaron, le trasladaron a una celda mas amplia, le permitieron salir al patio a diario e incluso las comidas fueron más copiosas. Se preguntaba qué podía haber ocurrido para ese drástico cambio, más allá de la intervención del padre O'Neill. Comenzó a entenderlo el día en que la frágil situación política conllevó la decisión de exiliarlo. Al conocer la noticia se alegró de salir vivo de aquella temible cárcel, pero también se mostró preocupado; el confinamiento forzoso en alguna isla remota era un recurso tradicional muy empleado en las Maldivas para apartar a algunos presos de su entorno e impedir su influencia. Se iniciaba ahora un período incierto en un lugar desconocido, cada vez más alejado de todo y de todos.

El día de su traslado unos funcionarios le cubrieron el rostro y lo sacaron discretamente de la prisión para embarcarlo en secreto rumbo a una remota isla del norte. Una vez a bordo y siguiendo las instrucciones recibidas, lo encerraron en la sentina para mantenerlo oculto de la curiosidad de la tripulación. Aquel viaje hacinado entre sacos de mercancías, sin comida ni agua, soportando un calor asfixiante, lo llevó al límite de sus menguadas fuerzas y cuando rendido ya creía que no alcanzaría vivo su exilio, oyó esperanzado como se arriaban las velas y los marineros arrojaban el ancla al mar. El tambucho de proa hasta ese momento cerrado se abrió y una corriente de aire fresco inundó sus pulmones ayudándole a recobrar el ánimo exhausto. Casi desfallecido, lo sacaron encapuchado y maniatado a cubierta para entregarlo, tal cual, al sorprendido *katheeb* de la isla que desde el primer instante se opuso a tener que aceptar a un reo sin conocer los motivos de su confinamiento. De nada sirvieron sus quejas. Los funcionarios no supieron darle ninguna explicación. El viaje era tan confidencial –le contaron– que ni siquiera ellos sabían el nombre del preso, solo en algo si fueron explícitos: la presencia de aquella persona en la isla era de por vida y nadie, jamás, tenía que revelar su existencia si no querían arriesgarse a la ira del sultán. Sin más preámbulos lo dejaron allí y regresaron a la embarcación zarpando de inmediato hacia Malé.

Tan pronto los representantes del gobierno se alejaron, el *katheeb*, antes de tomar ninguna decisión hizo llamar al chamán local con la intención de consultar los augurios sobre aquel desconocido.

Kaawa, que así se llamaba el hombre sabio, no tardó mucho en aparecer. Preocupado se acercó al prisionero y observó sus manos atadas; no parecían muy rudas y eso le tranquilizó. Luego comenzó a invocar unos antiguos versos mágicos mientras daba vueltas alrededor del prisionero. Nassim, que continuaba sin poder ver nada por culpa del maldito saco que le cubría la cabeza, los reconoció inmediato; Aila, su madre, los solía cantar cuando era un niño para ahuyentar los malos espíritus que pudieran rondar en la noche alrededor de la casa. Inquieto por no saber dónde se hallaba se puso también él inconscientemente a recitarlos. Los nativos enmudecieron de inmediato. Tan solo los iniciados conocían esa clase de invocaciones. El chamán, desconcertado, se apresuró a liberarle del saco que le cubría el rostro y lo que entonces vieron todos aún les asombró más. ¡Nunca antes habían visto a un ser humano de ojos verdes! Atemorizados se miraron unos a los otros esperando a que Kaawa les diera una explicación. Este tomó la palabra y con gran alivio habló así:

— De jade son sus ojos y en la tradición *divehi* es símbolo de buena fortuna, de valor y también de conocimiento e interés por los demás. No creo que debamos temerle. A este hombre tenemos primero que escucharle antes de tomar una decisión.

Alejados los miedos, tranquilizados por aquellas palabras, el *katheeb* le ofreció un cazo de agua y le conminó a hablar.

— Dinos qué has hecho para merecer este castigo.

Agradecido por poder calmar su sed y contento al fin de poder ver el lugar donde se encontraba Nassim empezó a contar su relato. Como se llamaba, donde había nacido, el conocimiento de algunos versos mágicos enseñados por su madre, la etapa en Malé como profesor y consejero de Amín, para acabar explicando sus ideales políticos por los que había sido encarcelado.

Muchos curiosos fueron llegando hasta la casa atraídos por la presencia del recién llegado que parecía conocer casi todo de la vida pública acontecida en la capital. El interés fue en aumento a medida que comenzó a relatar las rebeliones acaecidas en el sur del archipiélago en contra del sultán y de las que nadie tenía el menor conocimiento.

Acabadas sus explicaciones y después de haber podido comprobar el carácter pacífico y culto del reo, el jefe pidió silencio y propuso aceptarlo en la comunidad siempre y cuando se comprometiera a no poner en peligro a la población intentando huir de la isla. Nassim que no tenía otra opción aceptó y entonces el *katheeb* le hizo saber:

—A partir de este momento te concedo permiso para sacar agua del pozo comunal y además, se te facilitará una red de pesca para buscarte el alimento así como materiales suficientes para que puedas construirte una choza. Entretanto, dormirás en la playa defendiéndote de los espíritus errantes con tu magia.

— ¿Tienes algo que decir?

Todavía apurado preguntó:

—¿Alguien podría decirme dónde estoy?

Fue Kaawa, el hombre sabio, quien le contestó.

— Te encuentras en una pequeña isla de apenas doscientos habitantes situada al sur del atolón de Miladumadulu, en el distrito de Noonu llamada Kudhafaree.

Le desató con cuidado las manos y añadió:

— Vuelves a ser un hombre libre.

Nassim que no conocía los canales ni los peligros de aquellos atolones, contestó resignadamente...

—Entre estos arrecifes.

Capítulo IX

EL SECRETO REVELADO

Habían transcurrido diez años desde el inicio de las revueltas secesionistas ocurridas en el atolón Addu, cuando en 1968, enfermo y sintiendo próxima su hora, el ya anciano pastor O'Neill hizo llamar a Moosa a la base de Gan. Su último encuentro había acontecido mucho tiempo atrás, en una ocasión previa a dichos enfrentamientos; entonces este se había presentado en su despacho enviado por el Jefe Afeef, para preguntarle por la postura oficial de los británicos en el caso de que se llegara a declarar la independencia respecto de Malé. Quería averiguar si los mandos de la base se mantendrían fieles a los compromisos con el sultán o si por el contrario, adoptarían una posición neutral. "El éxito de la secesión –le había indicado–, dependía en gran parte de ello". El pastor recordaba haberle comentado que la actitud a tomar por los ingleses ya había sido debatida por el Foreign Office, prevaleciendo la opinión de considerar la declaración de independencia como un asunto local en el que no debían intervenir. Si bien era cierto, le había aclarado a continuación, que los británicos no podían ocultar sus preferencias por tener que negociar llegado el caso, con un gobierno cercano e independiente de Malé constituido por personas con las que llevaban años conviviendo sin problemas en el atolón.

Andaba entretenido en esos pensamientos, cuando el tío de Nassim apareció por la puerta de la habitación donde se encontraba postrado. Al verlo llegar, intentó dirigirse a él todavía con voz firme.

— Pasa, me alegra volver a verte. Te he hecho venir porque presiento estar al final de mi vida y antes de morir quiero que sepas la verdad sobre algo ocurrido hace tiempo.

Intrigado por la inesperada llamada y por saber a qué hechos se refería se sentó a su lado dispuesto a escuchar.

—En 1958, –comenzó a relatar– la situación política en los atolones del sur era extremadamente tensa por culpa de aquellas absurdas órdenes para reformar los poblados llegadas desde la capital, los abusivos tributos, los obstáculos para impedir el libre comercio y, por último, el reasentamiento de parte de la población de la isla de Gan. La gente estaba harta de las exigencias del gobierno central. ¿Lo recuerdas?

Moosa afirmó en silencio. Conocía lo ocurrido así como los disturbios derivados que provocaron la muerte de su sobrino, y no entendía que le hubiera hecho llamar solo para rememorar aquellos acontecimientos. O´Neill notó su impaciencia y le pidió que le dejara finalizar su relato.

— Los pormenores son importantes para mí, ya que ha sido gracias a ellos que he podido vivir sin remordimientos durante todos estos años…

Se hizo un corto silencio durante el cual Moosa se preguntó qué quería insinuar con aquella última frase.

—Ese descontento y el recelo de Malé a perder su influencia en los atolones del sur provocaron que se llegara a temer el estallido de una guerra civil por la independencia en cualquier momento. Fue justo antes, cuando aconsejé a Nassim de que por precaución enviara durante un tiempo a su esposa e hija a la India.

— Recuerdo bien aquella decisión aunque no debería sentirse culpable. Sin duda fue buena para ambas –afirmó, creyendo así tranquilizar al pastor.

Este se lo quedó mirando unos momentos y se percató de que no tenía la menor idea del motivo de la cita.

— No te he llamado para que calmes mi conciencia. Hay algo importante de lo sucedido entonces que todavía desconoces.

Inspiró profundamente para dar mayor énfasis a lo que iba a decir y le reveló... "Nassim Kandhumoos, vive todavía."

Moosa se quedó estupefacto, mudo. Cuál sería su sorpresa ante ese anuncio, breve e inesperado, que al principio no le creyó y lo atribuyó a la senilidad del clérigo. Pero a medida que siguió relatando poco a poco los hechos, la incredulidad se fue transformando en esperanzadora certeza.

— No murió ahogado durante los enfrentamientos como todo el mundo ha estado creyendo -le explicó-, sino que tras caer al agua apareció su cuerpo desvanecido en la playa y encontrado por la expedición armada del sultán fue apresado y traído hasta la base británica con intención de fusilarlo. Alertado de la situación por el centinela de guardia, me presenté ante su jefe e intercedí por su vida y a cambio de ella , me comprometí a extender la falsa noticia de su muerte para sofocar así los exaltados ánimos de la rebelión.

— ¿Y por qué no nos contó la verdad a la familia?

— No pude hacerlo. La garantía de mantenerlo vivo era el hecho de que todos creyeran su muerte. No quería arriesgarme.

Moosa tenía una extraña sensación. No sabía si arrojarse sobre el cuello de O'Neill por haberle mantenido tanto tiempo engañado o ponerse a bailar exultante de júbilo. El pastor debió notar sus intenciones porque presto, añadió…

— Debo pedir perdón por el sufrimiento que provoqué. Tú sabes de mi gran aprecio por Nassim; créeme si te digo que en aquel momento no había otra manera de poder salvarlo.

—Pero si no ha muerto, ¿qué ha sido de él?

—Al principio estaba seguro de que con nuestras influencias sería fácil sacarlo de la cárcel. Fue un gran error, me equivoqué; las relaciones bilaterales con el gobierno maldivo empeoraron aquellos años por culpa de nuestra ambigua posición respecto a los anhelos secesionistas del sur y no mejoraron hasta que en 1963, la autoproclamada República Suvadiva capituló.

— ¿Adónde quiere ir a parar? –interrumpió ansioso–. ¿Sigue o no sigue mi sobrino encarcelado?

Con un gesto vehemente le pidió calma para poder proseguir con las explicaciones.

— Sí y no, al mismo tiempo. Déjame que te lo cuente. Yo ya empezaba a creer que no conseguiría liberarlo, cuando dos años más tarde, el sultán, presagiando la cercana abolición de su institución por el Parlamento y temiendo sus consecuencias, se avino a negociar la salida de Nassim de la prisión a cambio de protección británica para la familia real.

—¡Menos mal! ¡Gracias Alá!

—Pero puso una condición: no podría regresar a Addu ni nadie sabría de su liberación. Sería un secreto. Se le consideraba un hombre políticamente peligroso y por tanto se le mantendría desaparecido, exiliado en una isla del norte llamada Kudhafaree, sin poder salir de ella bajo ningún concepto. Y es allí donde se encuentra ahora.

Moosa al conocer el paradero de su sobrino respiró aliviado aunque poco le duró al añadir O'Neill acto seguido:

— Si he mantenido silencio hasta hoy ha sido para no poner su vida en peligro. Ahora en cambio, temo por él.

— ¿Teme por él? Qué pretende insinuar.

— La Oficina del Enclave británica en la capital nos acaba de informar que la abolición del sultanato ya se ha producido. En los próximos meses se proclamará una República única en las islas Maldivas.

— ¡Esa es una gran noticia! –exclamó, satisfecho de ese giro político en el archipiélago.

— Una gran noticia para todos excepto quizá para tu sobrino, ya que si el sultán pierde el poder desconfío de las intenciones que vaya a tener el nuevo gobierno.

— No entiendo lo que pretende decirme.

— Para los nuevos dirigentes la aparición en estos momentos de un antiguo líder secesionista que todos creían muerto sería muy incómoda –observó el pastor–, pues podría dar lugar al resurgimiento de viejos anhelos independentistas que pusieran en peligro la unidad política alcanzada.

— Comprendo, –advirtió preocupado–. En ese caso, el nuevo gobierno podría incluso matar a Nassim para liberarse de todo lo que él representa.

— Exacto, aunque esa acción iría en contra de lo pactado por nosotros con el sultán. Una posibilidad que considero hoy en día improbable a no ser, que tu sobrino decidiera escapar y romper el exilio.

Y afirmó convencido:

— Tienes que ir hasta esa isla donde ahora se encuentra para alertarle de los riesgos que le acechan.

— No tema. Velaré por él. Iré hasta Malé y luego pondré

rumbo a Kudhafaree. No le defraudaré.

Tan pronto salió de la habitación, O'Neill, después de haberse liberado de aquel secreto guardado durante tanto tiempo sintió que ya podía morir tranquilo, no sólo por haber dejado en buenas manos la tarea de proteger a Nassim sino también por ver implantados sus ideales republicanos cuando menos en las Maldivas. El destino, sin embargo, iba a ser cruel con él. La muerte le sobrevino una tarde a finales del mes de Octubre de 1968, justo semanas antes de la proclamación de la segunda República en el archipiélago.

Al abandonar la base una vez finalizada aquella reveladora charla, a Moosa le quedó una rara sensación de esperanza y preocupación. Ahora sabía que su sobrino no había fallecido, pero también que su vida corría peligro. Después de haber estado lamentando su pérdida durante años, estaba decidido a no tener que llorar de nuevo la noticia de su muerte y se dispuso a partir de inmediato. A pesar de su firme determinación la salida de Addu se retrasó más de lo previsto a causa de las malas condiciones climatológicas, obligándole a esperar varias semanas antes de poder zarpar. Cuando al fin lo hizo, los vientos ni soplaron con fuerza ni fueron del todo favorables y, además, una inoportuna vía de agua en la embarcación durante la travesía entretuvo a la marinería en su achique ralentizando la marcha. Todos aquellos contratiempos no parecían augurar nada bueno.

Los malos presagios se confirmaron nada más llegar a la capital y recibir un telegrama desde Gan notificando el fallecimiento del padre O'Neill al poco de partir. Esa noticia no por esperada dejó de entristecerle ya que con su muerte no sólo desaparecía una persona querida y respetada, sino también el que fuera gran defensor en la sombra de su sobrino. No acabaron ahí los contratiempos. Pocos días después un antiguo amigo llamado Abdhulá, se acercó al muelle y le contó un rumor que corría por la capital: Lilaa, la hija de Nassim, había sido invitada por el nuevo gobierno para bailar el día de la proclamación de la República Maldiva.

Su alegría inicial al conocer la noticia se tornó pronto en inquietud al sospechar que ese inesperado retorno en aquellos delicados momentos para su padre no podía ser una simple coincidencia. Tenía que existir una relación entre ambos hechos que no acababa de comprender. Preocupado, se le ocurrió ir a ver al Mayor Philips con quien había mantenido una buena relación durante el período de tiempo que estuvo destinado en la base de Gan. Quizá él podría ayudarlo.

Al entrar en la Oficina del Enclave, este no tardó mucho en reconocerlo y le hizo pasar a su despacho.

—¿Qué te trae Mossa por aquí? Hacía tiempo que no sabía nada de ti. Pasa por favor y siéntate.

—Buenos días Mayor. Estoy de paso en Malé y al llegar me enteré de la muerte del pastor O'Neill. En Addu todos sabemos que su figura era muy valorada por ustedes los británicos y quería darle el pésame por su fallecimiento.

—Gracias. Tienes toda la razón ha sido una gran pérdida para nuestra comunidad. Le vamos a echar en falta. Durante los cincuenta y cuatro años que estuvo en Gan, nadie hubo como él para tratar con la población nativa.

—Tenía un gran respeto por nuestra cultura y entendía muy bien nuestra manera de pensar.

—No siempre. En una en una ocasión me dijo que se había equivocado en sus apreciaciones y fue curiosamente en un asunto relacionado con tu sobrino.

—Creo saber a qué se refiere.

—Lo dudo mucho –aseveró confiado.

—Sí, lo sé y esa es una de las razones de mi visita.

El Mayor se echó atrás en su silla e intentó disimular un gesto de contrariedad ante ese anuncio.

— Antes de morir me llamó a la base y mantuvimos una conversación muy reveladora. Me contó que Nassim seguía con vida exiliado en una isla del norte.

El oficial se quedó uno instante pensativo sopesando la oportunidad de tener que contestar. Al final decidió que si el finado pastor le había confiado a Moosa ese secreto, por respeto a su memoria él también lo haría.

— Sí, así es –respondió–. Su liberación fue un objetivo diplomático de primer orden y durante años movimos todos nuestros contactos hasta poder conseguirlo. Me pareció tan extraño ese interés de O'Neill, que incluso llegué a pensar si Kandhumoos, no sería en realidad un hijo suyo.

Moosa recordó como el Mayor había llegado destinado a la base británica justo después de la marcha del capitán Aberconwy y por tanto no podía sospechar otra verdad. Así que se limitó a asegurarle que esa suposición no era cierta en absoluto.

—Entonces, si no era su hijo –reconsideró contrariado– quizá ya nunca logremos saber cuáles eran sus motivos.

Y ahora dime. ¿ En realidad, para qué has venido a verme?

— Estoy preocupado por lo que pueda ocurrir a mi sobrino a partir de ahora. Soy su única familia y mi deber es protegerlo...

Y a continuación expuso al oficial todos los temores expresados por el pastor, para acabar preguntándole si creía que la invitación hecha a Lilaa por el gobierno actual podía tener alguna relación con la situación de su padre.

El Mayor Philips que había sido el interlocutor directo con el sultán para liberar a Nassim Kandhumoos, al recordar los pormenores de aquellas negociaciones no tardó en deducir que ese ofrecimiento para bailar en Malé, podría responder a un señuelo para que intentara escapar de su confinamiento y rencontrarse con su hija. En ese caso –le hizo ver–, rompería con las condiciones pactadas sobre su exilio y el gobierno dispondría de una buena excusa para acabar con su vida. "Ahora bien, desde mi punto de vista personal, considero al primer ministro incapaz de tramar algo así"

Agradeciéndole su valioso parecer, Moosa se despidió pensativo del despacho. La explicación era plausible y coincidía con los temores del fallecido O'Neill. Aunque lejos de tranquilizarle añadía incertidumbre sobre cómo debía actuar ahora. ¿Tenía que marchar de inmediato al encuentro de su sobrino? o por el contrario, ¿le convenía esperar para proteger y avisar a Lilaa?

Fue Abdhulá quien puso luz a sus dudas al averiguar que un *batelli* procedente del norte se encontraba en el muelle listo para zarpar con la misión encomendada a su patrón, de difundir nada más llegar a Kudhafaree la noticia del baile en la capital. Esa información acabó por convencerle de que sus sospechas eran ciertas. Alguien estaba tramando en contra de su sobrino, ¿pero quién? Aunque bien pensado lo importante en aquellos momentos era qué hacer para evitarlo.

Dicha embarcación a punto de partir representaba una gran amenaza, pero quizá también parte de la solución -se dijo al observarla-. Si uno de sus hombres se enrolara en ella como tripulación, podría dar el aviso a Nassim de que por ningún motivo rompiera su exilio y aguardara su próxima llegada a la isla. El mensaje tenía que ser claro y escueto. Confiaba en que si no lo comprendía del todo haría al menos caso de su advertencia, de ese modo ganaría tiempo y él se quedaría esperando la llegada de Lilaa a las Maldivas para comunicarle que su padre aún vivía. Más allá de ese momento, dependería solo de ella la decisión de acompañarle o no en su viaje hacia el norte.

Para secundar aquel plan contaba con Maniku, un marinero del sur de plena confianza y con Hassan un enjuto nativo de Feydhoo que trabajaba como guardia en el antiguo palacio del sultán. El primero zarpó en aquel *batelli* y el segundo, le facilitó introducirse en el edificio durante los actos oficiales para poder abordar a la hija de Nassim en secreto una vez hubiera finalizado su actuación. Convenía actuar con prudencia para no levantar sospechas.

Días más tarde Lilaa llegó a las islas Maldivas ajena por completo a todo lo mucho que estaba sucediendo. Se presentó en el recinto al anochecer, saludó a los presentes, bailó y al finalizar su actuación, exhausta por la entrega, se dirigió enseguida al camerino con la intención de descansar. Moosa ya se encontraba escondido en su interior. La vio entrar, pero no descubrió su presencia todavía; dejó que se relajara sobre una esterilla y esperó paciente a que saliera de ese letargo. Cuando abrió los ojos se encontró a su tío abuelo sonriendo junto a ella. La sorpresa fue mayúscula ante aquella inesperada visita y la alegría por aquel encuentro se volvió poco después enorme, desbordante, cuando supo que su padre no había muerto y se encontraba vivo, confinado en una lejana isla del norte. Una vez se sobrepuso a la intensidad de aquellas emociones, no dudó ni un minuto en aceptar la propuesta de partir esa misma noche en su búsqueda.

— ¿Cuándo nos vamos? –preguntó impaciente.

—Nuestro *vedi* está listo para zarpar y el jolgorio popular en las calles celebrando la República nos garantiza poca vigilancia en el puerto. De momento nos quedaremos aquí, esperando el aviso para salir. Es lo más prudente para no llamr la atención.

En el exterior, Hassan, el guarda, había logrado evitar la entrada a todos aquellos que se habían acercado con el deseo de felicitar a Lilaa Devi por su actuación y, tras asegurarse de que todos los invitados ya habían dejado el recinto, golpeó cinco veces a la puerta tal y como habían acordado. Al escuchar la singular llamada ambos salieron del camerino aparentando una última pareja rezagada abandonando el lugar. Ella le rodeaba la cintura todavía sorprendida por las increíbles noticias que acababa de conocer cuando, al atravesar la verja, le pareció ver en la penumbra al joven del avión en una esquina y recordó entonces su cita. Estuvo a punto de detenerse, pero no lo hizo. No era prudente explicar nada y comprendió que aquella incipiente atracción no iba a tener una oportunidad. La realidad quería alejarlos y dadas las circunstancias, quizá era mejor así.

Anduvieron por las calles amparados por la oscuridad de la noche hasta llegar al muelle. Allí se encontraron con Abdhulá que se había acercado para ayudar con los preparativos de la marcha. Lilaa lo reconoció enseguida. Era aquel viejo amigo de su padre, propietario de una pensión vecina a la casa donde había nacido. Lo saludó y mientras esperaba para embarcar, sin razón aparente, se entretuvo observando ensimismada el suave movimiento del mar golpeando la quilla. De pronto, vio cómo aparecía sobre la superficie de las aguas el rostro de una mujer desconocida que parecía querer hablarle. Lejos de asustarse, acostumbrada desde niña a ese tipo de visiones y extraños presagios heredados de su abuela, se esmeró en leerle los labios y ahora sí se sobresaltó al descubrir que parecía repetir un nombre... ¡Arthur! De inmediato se preguntó qué significado tendría aquella revelación en esos precisos momentos... ¿Y si estaba equivocada respecto al viajero? ¿Y si su encuentro no fue tan fortuito como creía? Tenía que encontrar la manera de averiguarlo.

Preguntó entonces a Abdhulá si en la pensión se hospedaba un europeo con ese nombre. Al responder el propietario afirmativamente, lo tomó como una señal más del destino y una duda le asaltó. Si aquel joven había estado aguardando su salida del recinto y a pesar de la decepción sufrida se presentaba al día siguiente a la cita concertada en el mercado, cabría preguntarse si no estaría él siendo empujado por una fuerza extraña.

— Tío-abuelo, –dijo resuelta– hay una persona que quizá podría ayudarnos. Se trata de un joven inglés y confío en él. Si viniera con nosotros a Kudhafaree, sería un testigo muy incómodo para el gobierno ante lo que pudiera ocurrir en este viaje.

— No podemos demorar más nuestra salida –objetó–. Es demasiado arriesgado.

— Lo sé. Pero quizá podría salir mañana con Abdhulá en su

dhony –insistió sin darse por vencida.

Moosa la miró valorando las ventajas e inconvenientes de aquella imprevista propuesta y al hacerlo, vio en los ojos de Lilaa seguridad, determinación y también algo más… Luego consideró que a la mujer maldiva no era conveniente contrariarla, al fin y al cabo lo que decía tenía sentido así que aceptó con un ligero movimiento de cabeza.

Lilaa se dirigió a continuación hacia Abdhulá.

— Debo pedirte un favor: necesito que traigas al extranjero, de la pensión, pero solo en el caso, le recalcó, de que mañana se presente a nuestra cita del mediodía en el mercado. Ante sus dudas, dile de mi parte: "Que reconozca su horizonte".

Acto seguido subió resuelta a la embarcación y se sentó en la proa. Todos se miraron un momento para confirmar en silencio ese cambio de planes en el último momento. Los marineros soltaron amarras y remaron con sigilo hasta salir del puerto. Cuando apenas si se veían a lo lejos las tenues luces de la capital, izaron las velas y pusieron rumbo al norte.

Capítulo X

LA CONSPIRACIÓN

A Sayyidmeiná no le gustó que en 1965 el parlamento maldivo hubiera votado a favor de la abolición de una institución que llevaba ocho siglos gobernando el archipiélago. Se había acostumbrado a vivir a la sombra del sultán, a ser su hombre de confianza y a disfrutar de grandes favores. Sin embargo, con el actual gobierno todo eso había acabado. Ya no era el Jefe de la Policía y su labor en la administración se había visto relegada a la organización de actos culturales.

No era el único afectado por la nueva situación, también otros pensaban como él. Disgustados, se habían reunido en varias ocasiones en secreto para compartir sus decepciones, conspirar y elaborar una estrategia que pudiera devolver de nuevo el poder al sultán. No era la primera vez, ya lo habían conseguido con la efímera primera República y para hacerlo de nuevo, necesitaban desestabilizar al gobierno en su ambicioso objetivo de unidad nacional. Con esa intención acordaron entre todos reactivar el conflicto político más importante acaecido en los últimos tiempos: los anhelos independentistas de los atolones del sur, porque si bien era cierto que estos habían sido sofocados y sus líderes hechos prisioneros o exilados lejos del país, el que fuera antiguo jefe de la policía dijo conocer el paradero de uno de ellos que todos creían muerto.

— ¿De quién se trata? –preguntaron los conspiradores.

— De Nassim Kandhumoos –les contestó.

Muchos recordaban el nombre de aquel antiguo director de la escuela Majeeddiya y consejero de Amín Didí en la capital. Se trataba sin duda de alguien relevante y también muy popular en el atolón Addu.

— ¿Pero cómo es que sigue vivo si su muerte se presentó en su momento como un gran éxito para frenar las rebeliones en el sur? .

— Fue una farsa. Se consideró conveniente perdonarle la vida, encarcelarlo y ocultar la verdad. Una decisión estratégica por la que recibí las felicitaciones del sultán –repuso jactándose con arrogancia.

— No parece a la vista de los resultados posteriores que estuvieras muy acertado. Las rebeliones continuaron de todos modos.

Sayyidmeiná lejos de mostrarse molesto por la observación contestó orgulloso:

— Sin embargo, fue providencial para que el sultán pudiera

conseguir de los británicos seguridad personal a cambio de la vida de ese rebelde.

Se escucharon murmullos de aprobación entre los presentes, lo cual fue aprovechado para exponerles a todos su plan.

— En la actualidad ese hombre se encuentra todavía en una isla del norte. Os propongo que rompa su confinamiento secreto y traerlo hasta aquí.

Los conspiradores quedaron confundidos ante aquella propuesta.

— ¿Qué ganaríamos nosotros con ello?

— Poner en dificultades al nuevo gobierno. Si de repente apareciera vivo, la desconfianza se haría palpable.

— ¿Estás seguro de que esa sería la reacción de la gente?

— Pensad en lo que habéis dicho hace unos instantes, "que su muerte fue presentada como un gran éxito" Por tanto, no os quepa la menor duda que su presencia en Malé causaría una gran perplejidad y avivaría de nuevo la esperanza secesionista entre la población del sur. Y es entonces, en esa incertidumbre, cuando nosotros deberíamos actuar.

— ¿De qué manera? –preguntaron mucho más animados con la propuesta.

— Creando más confusión todavía, matando a Kandhumoos. El asesinato no tardaría en provocar a los secesionistas y ese malestar oportunamente manipulado, acabaría por propiciar el retorno del sultanato.

A los reunidos les pareció una idea factible y animados, enseguida quisieron saber más detalles sobre la misma.

— Tú plan podría funcionar, no obstante, ¿cómo lograremos convencerlo de que venga hasta Malé sabiendo él que no debe romper su exilio?

— He pensado en ello –respondió con calma Sayyiddmeiná–. Aprovecharemos que alguno de nosotros tiene todavía acceso a las oficinas del gobierno para conseguir sellos y papel oficial con el que poder redactar una falsa orden de amnistía.

—Se trata de una persona culta, podría sospechar del documento –objetó uno de los presentes reticente.

— Es cierto lo que dices. Por eso se me ha ocurrido valernos de los actos de la proclamación de la República para disponer de otro motivo, más emocional, que le convenza de forma definitiva.

Los conspiradores se miraron interesados y le conminaron a que se explicara.

— Deberíamos en primer lugar invitar a su hija, una reputada *devadasi* que vive ahora en la India para que venga y baile durante dichos actos. Como director que soy de los mismos, me ofrezco a conseguirlo. En segundo lugar, haríamos llegar a la isla donde se encuentra confinado la noticia de ese baile junto con el documento de amnistía. Una vez consigamos hacerle creer que todo es cierto lo traeremos hasta Malé.

— ¿Y quién sería la persona encargada de esa delicada tarea?

— Conozco a un patrón del atolón de Tiludammati, afín a

nuestra causa capaz de convencerlo y traerlo en su barco.

— ¿ Qué ocurrirá si ese patrón no logra engañarlo? –volvieron a cuestionar los más críticos.

— Si no logra persuadirlo por las buenas, entonces deberá ser por las malas –dijo desafiante–, aunque en ese caso nos llevará algo más de tiempo. Lo importante en esta operación –remarcó– es conseguir traerlo hasta la capital de algún modo. Una vez aquí no importará ni cómo ni cuándo haya llegado. La confusión jugará a nuestro favor y el resto del plan será mucho más fácil de ejecutar.

Se escucharon murmullos de aprobación y ya convencidos aquella iniciativa para derrocar al gobierno se puso en marcha. La falsa carta de amnistía fue redactada según lo planeado y Lilaa fue invitada por el primer ministro maldivo sin que este sospechara nada extraño. Algún tiempo después, tal y como habían previsto, la embarcación llevando ese documento y la noticia del baile en la capital, zarpó del puerto también sin contratiempos. Alentados con aquel buen inicio del complot los conspiradores se felicitaron confiados en el éxito final. Ya solo les quedaba esperar el regreso del patrón conjurado a Malé, trayendo consigo a aquel antiguo líder rebelde al que darían muerte para conseguir sus objetivos.

Habían transcurrido más de cinco años desde que Nassim fuera confinado a Kudhafaree cuando Ahumad, el patrón de Tiludamati, atracó su *batelli* en dicha isla tras varios días de navegación. Normalmente cubría con frecuencia aquella ruta desde la capital haciendo pequeñas paradas que por razón del pasaje o de las mercancías encargadas eran de menester. En esa ocasión, con la excusa de pernoctar, echó el ancla. También él había vivido mejores tiempos con el sultán. Por aquel entonces gracias al antiguo jefe de policía había obtenido la licencia para comerciar con todas las islas del norte, en cambio ahora, su autorización se había visto reducida a tan solo unas pocas y en consecuencia, habían mermado de manera drástica sus beneficios. Así pues, al proponerle Sayyidmeiná unirse a la conspiración, aceptó sin dudarlo esperando recuperar sus pasados privilegios. Convencido de estar de nuevo ante su gran oportunidad desembarcó decidido a cumplir el objetivo encomendado por sus cómplices y, tras preguntar por Nassim, se dirigió a la escuela donde estaba impartiendo clases. No dejó de extrañarle como un condenado pudiera estar ejerciendo de profesor. Nadie se lo había advertido. No encajaba con la situación que se había imaginado. De cualquier modo, fuera como fuese, ese hecho no iba a amedrentarle ahora. Sabía muy bien qué tenía que decir para convencerle.

Cuando Kandhumoos salió de la escuela para atender a aquel recién llegado y leyó la carta del departamento de Justicia que le mostraba se sorprendió por la amnistía concedida. Pero ese asombro inicial no le impidió preguntarse sobre la manera tan poco protocolaria empleada por el gobierno para comunicarle tal decisión. El patrón al darse cuenta de que dudaba ante el documento intervino haciéndole ver que merced a ese perdón su hija Lilaa, había sido invitada por el gobierno central para bailar el día de la proclamación de la República, tal y como podía leer en el programa de los actos oficiales que había traído consigo. Anegada su razón por aquel cúmulo de repentinas emociones no reparó en el engaño urdido y aceptó la proposición de embarcar aquel mismo día con destino a la capital.

Así pues la estratagema de los conspiradores podría haber funcionado tal y como habían previsto de no haber sido por Maniku, el marinero infiltrado de Moosa, que se presentó ese mismo día ante Nassim con el siguiente mensaje: "Tú tío te pide que por ningún motivo te muevas de la isla y aguardes en ella su próxima llegada". El asombro y la perplejidad frente aquel oportuno aviso, fue suficiente para que este cancelara su marcha. Al ver el patrón como su oferta era rechazada en el último instante, maldijo ese repentino cambio de opinión y contrariado se preguntó qué podía haber fallado cuando su víctima parecía tan convencida. Al no encontrar una respuesta razonable se dispuso entonces a ejecutar el plan alternativo elaborado por Sayyidmeiná para tal caso. Raptarlo. Pero esa acción necesitaba de armas y gente afín y para ello precisaba seguir su viaje hasta Finey, su isla natal, situada a unas ochenta millas más al norte, donde podría obtener todo lo necesario para luego regresar. Antes de partir aprovechó su estancia para identificar las dificultades que se iban a encontrar, y lo que pudo averiguar no le gustó. Prender a ese hombre por la fuerza no iba a ser fácil; sus cómplices no habían previsto la perfecta integración de aquel exiliado en la comunidad. Todos parecían apreciarlo. Si la operación se torcía por algún motivo, nadie allí iba a querer ayudarle.

Entretanto en la isla de Malé, la intranquilidad se había apoderado de los conspiradores. El hecho de que el patrón conjurado no hubiera regresado antes de la celebración de los actos oficiales y la ausencia de noticias suyas, hacían presagiar algún contratiempo que ahora se sumaba a la inexplicable desaparición de la hija de Kandhumoos finalizada su actuación. El antiguo jefe de policía extrañado por aquel imprevisto suceso, no supo si había sido motivado por algún hecho de carácter personal ajeno a la conspiración o si por el contrario, existía alguna otra razón más amenazante para el éxito del complot que estaba en marcha. Desconfió enseguida del inglés que iba con ella en el avión, pero al presentarse Mr. Green a la cita del muelle y Lilaa Devi no aparecer, descartó su implicación. Cavilando sobre qué podía haber ocurrido, se centró en el hecho de que ella por algún motivo hubiera podido averiguar la verdad sobre la falsa muerte de su padre. De ser así, su desaparición tendría que ver con el intento de reencontrarse en secreto con él y una pregunta le asaltó. ¿Quién había podido informarle?

El único entre los presentes en la recepción oficial que conocía el paradero del rebelde exiliado, aparte de él mismo y el primer ministro Nassir, era el Mayor Philips. Tenía que haber sido ese entrometido oficial británico. Para confirmar sus sospechas se dirigió a la Oficina del Enclave y tras preguntarle sobre la cuestión, este le recordó con ironía quién era el jefe de protocolo esa noche, al contestarle: "Muy a mi pesar Miss Devi ni siquiera me fue presentada, como usted bien sabe". Molesto con la evasiva y también por el casual encuentro con el viajero inglés al salir del despacho, marchó furioso de la oficina.

Descartados ambos para sus indagaciones, se centró entonces en el hecho de que ella habría necesitado de una tripulación y gente de confianza en la que apoyarse. Así que comenzó por averiguar qué barcos había amarrados en el puerto la noche en que desapareció. Cuando tras sus pesquisas por fin supo que una embarcación procedente de Addu había zarpado rumbo al norte la misma noche del baile, el antiguo jefe de policía se dio cuenta de que estaba en la pista correcta. A pesar de ello no se alegró, al contrario, aquel barco ya habría llegado a Kudhafaree y su presencia en la isla constituía ahora una seria amenaza. Debía encontrar rápidamente la manera de avisar al patrón conjurado del peligro que acechaba el éxito de la operación. Una antena en lo alto del edificio de Correos le recordó entonces que alguna de las islas del atolón de Tiludamati debería de tener una emisora de radio con la que comunicarse para casos de emergencia. No se lo pensó ni un instante y entró en las oficinas. Era lo único que podía hacer, su última esperanza.

Tras el fallido intento de convencer a Nassim Kandhumoos

para llevarlo con él hasta Malé, Ahumad, partió rumbo a Finey donde guardaba enterradas dos armas clandestinas conseguidas hacía tiempo a cambio de bebidas alcohólicas facilitadas por Sayyidmeiná, su socio en aquellos oscuros negocios. Su tenencia en las Maldivas era un delito gravísimo por su potencial amenaza para el gobierno y por ese motivo las había mantenido ocultas. Al desembarcar, se encontró aguardando en su casa a un funcionario procedente de la vecina isla de Funadhoo, portador de un mensaje recibido por radio, alertando de la presencia de una sospechosa embarcación del sur en Kudhafaree. Gracias a ese aviso el patrón conjurado constató enseguida la importancia que aquellas dos armas iban a tener para el buen desarrollo de los acontecimientos.

La primera de ellas era un viejo fusil Mauser adquirido a través de unos pescadores indios procedentes del archipiélago de Lakhedives. En el momento de la compra le aseguraron que de encontrar la munición pertinente, podía disparar. Al recordar ese detalle, recordó también que nunca se había preocupado por conseguirla. A pesar de ello se trataba de un fusil y su apariencia era del todo convincente si se trataba de amedrentar. La segunda arma, mucho más moderna, tenía una curiosa historia. Según el comerciante de telas que en esta ocasión la había vendido, ahora sí, cargada con todas sus balas, se trataba de un revolver inglés Webley procedente del sur del archipiélago maldivo –en concreto de la base británica de Gan–, hurtada del cinto de un oficial por una prostituta traída del barrio rojo de Bombay para celebrar el fin de la II Guerra Mundial.

Mientras Ahumad se envalentonaba con aquellas armas, lejos de allí, en Malé, los conspiradores volvían a sentirse confiados después de haber conseguido advertir a su cómplice del peligro. No lo hubieran estado tanto de haber sabido que con él se encontraba también Maniku, el marinero infiltrado del sur que había decidido seguir navegando hasta Finey para no levantar sospechas. Su intrascendente presencia en esa isla resultó sin embargo decisiva, cuando para distraerse fue a mirar de hurtadillas a las mujeres. Entre los nativos era un ardid usual esconderse en los alrededores del pozo esperando a que ellas se acercaran en busca de agua. Sabían que al llenar las tinajas de barro y cargarlas sobre sus cabezas, mojaban sus ropas al andar dejando entrever sus bonitos cuerpos. Lo que de ningún modo Maniku podía haber imaginado era que una vez allí, oiría comentar entre ellas el rumor acerca de un grupo de hombres armados que zarparían al día siguiente hacia Kudhafaree para prender por la fuerza durante la noche a un exiliado que allí se encontraba. El agazapado marinero dedujo enseguida a quién se referían y alarmado se percató de que debía avisar cuanto antes al sobrino de Moosa. ¿Pero cómo hacerlo sin levantar sospechas?

Fue al observar en la playa cómo aquella persona venida para hablar con Ahumad se disponía a regresar en su *dhony*, que vislumbró la solución y le pidió lo llevara con él a cambio de una botella de alcohol de palma. El hombre aceptó ante la perspectiva de no tener que viajar solo y disponer además de un buen trago con el que alegrarse durante el trayecto. Ya en alta mar, Maniku se ofreció solícito a llevar la embarcación y en el momento en el que el confiado funcionario cayó inconsciente por los efectos etílicos, lo ató al mástil y a toda vela puso rumbo a Kudhafaree.

A pesar de sus temores, el marinero navegó sin descanso durante toda la noche acuciado por la urgencia de llegar a la isla muy temprano en la mañana. Nada más pisar la orilla, conocedor de que a esa hora la expedición de Finey estaría ya de camino, pidió reunirse urgentemente con el *katheeb* para alertarle de la grave situación que se avecinaba.

CUARTA PARTE

ISLAS
DE UN MISMO
ATOLÓN

Nadie alcanza a abatir
la fuerza del destino.

Esquilo.

Capítulo IX

RECONOCIENDO AL DESTINO

Tras su frustrada cita con Lilaa en el muelle, el viajero regresó contrariado a la pensión. No podía entenderlo. No era más que un simple europeo recién llegado a Malé e incomprensiblemente lo estaban vigilando. Estaba deseando que Abdhulá le aclarara todo lo sucedido. Al entrar se fue directo hacia él, pero este al verlo venir tan decidido le hizo una discreta señal para que guardara silencio.

— Alguien podría oírnos .

— ¿Puede explicarme por favor que es lo que está ocurriendo? -dijo molesto por tanto sigilo-. Miss Devi me dejó una nota citándome hoy en el mercado y una vez allí un desconocido me avisa de su repentina marcha, de que alguien me vigila y de que debo hablar con usted si quiero saber algo más.

— Tranquilícese amigo. Hay muchas cosas de las Maldivas que usted desconoce.

— ¡Eso ya lo sé! Es obvio -contestó ofuscado.

— No se lo tome así. Le aseguro que yo solo quiero ayudarle.

Arrepentido por su brusca actitud, Arthur pidió disculpas y luego preguntó con mayor calma:

—¿A qué tipo de cosas se refiere?

— El director de los actos oficiales que conoció ayer, fue hasta hace poco el antiguo jefe de la policía local y créame si le digo que no es de fiar. Ha sido él quien ha ordenado que le sigan.

— Pero... ¿qué he hecho yo?

— Quiere averiguar dónde se encuentra Lilaa Devi.

— ¡Vaya! Eso mismo me gustaría saber a mí también.

— Ella debía haber pernoctado en la antigua residencia del sultán -le contó el posadero- sin embargo, esta mañana no estaba en su habitación. Han estado buscando por todas partes y no la encuentran. Probablemente, Sayyidmeiná leyó la nota de su cita antes de entregársela y sabía que se reunirían los dos hoy en el muelle. Ése y no otro es el motivo por el cual le han estado siguiendo.

—¿Y cómo sabe que fue él quien me la entregó?

— No se inquiete por eso ahora, luego se lo cuento.

— No acabo de entenderle muy bien. ¿Cree que tiene algo que ver ese hombre con su desaparición?

El dueño de la pensión pareció dudar un momento.

— En cierto modo sí...

— ¿Qué pretende insinuar? Explíquese por favor, es muy desagradable todo lo que está pasando.

— Lo siento mucho, no puedo decirle nada más por ahora. Pero si desea volver a verla, le aseguro que tiene la oportunidad en sus manos.

— Sigo sin comprender adónde quiere llegar –afirmó cada vez más desconcertado.

— Verá, el viaje del que anoche le hablé para ir a ver a mi nieta, fue tan solo un pretexto ante mis huéspedes. En realidad voy a ir al encuentro de Lilaa.Venga conmigo.

Atónito, Arthur escuchaba sin poder creer que le estuviera proponiendo implicarse en una historia tan confusa.

— Lo que me cuenta es una locura, no es prudente.

— Si confía en Miss Devi, debería ir. Antes de zarpar me contó lo de su nota y también me habló de su cita. Luego me pidió que ante las dudas que pudiera tener para realizar este viaje le repitiera una frase. "Que reconociera a su horizonte".

Recordó entonces el viajero la respuesta dada en el avión desde Trivandrum, cuando ella le preguntó de dónde venía y hacia dónde iba.

— No se moleste por lo que voy a decirle, pero hay algo en todo este asunto que sigo sin comprender. ¿Por qué me explica lo sucedido justamente ahora y no esta mañana, antes de que saliera de la pensión?

— Miss Devi me lo pidió así.

— ¿Qué Lilaa se lo pidió? –repitió, incrédulo.

— Sí, así es. Quería averiguar hasta que punto tenía usted

interés en ella presentándose a la cita.

¡Caramba con la chica! –pensó el viajero–. Si era tan precavida él quizá debería hacer lo mismo y no meterse en líos. Dudó unos instantes mientras reflexionaba. Algo en el fondo de su ser le pedía que se atreviera a cruzar los límites de lo razonable, no en vano la búsqueda era algo incesante para los nacidos como él en Glastonboury y quizá para que esta dejara de serlo, debía atreverse a andar por nuevos caminos. Al final se dejó arrastrar por las ganas de volver a estar a su lado y aceptó la propuesta.

— ¿Cuándo nos vamos?

Abdhulá le miró satisfecho.

— Zarparemos mañana al amanecer y una vez estemos en alta mar le diré hacia donde nos dirigimos. Antes habrá que burlar la vigilancia que hay sobre usted.

—De acuerdo. ¿Cómo lo conseguiré?

— Deberá aprovechar la salida a medianoche de una embarcación de pasaje hacia los atolones del sur; déjese ver en el muelle a esa hora, creerán que embarcó en ella. Mi *dhony* se encuentra amarrado muy cerca, lo reconocerá por el *bolu* con forma de trébol en el codaste de popa. Suba a él sin que nadie le vea y escóndase bajo los sacos vacíos.

— Muy bien, no se preocupe, así lo haré.

El dueño se marchó al muelle para preparar los aparejos y Arthur se quedó en el salón muy pensativo. Sin pausa los hechos sucedían empujándole hacia una siguiente etapa cada vez más incierta y advirtió con sorpresa que apesar de ello había decidido vivirla. Jamás hubiera dicho que sería capaz de tal cosa. No obstante, le convenía ser precavido y por tanto necesitaba averiguar cuánto pudiera sobre el archipiélago antes de partir.

Con esa intención salió de la pensión y se dirigió a la biblioteca que estaba situada cercana a la oficina de correos. El edificio de la escuela Maleeddiya que la albergaba había sido construido en 1927 por el sultán Muhammad Shamsuddeen III, según le explicó el anciano bibliotecario deseoso de ser útil a los pocos visitantes interesados en ella. Para ganarse su confianza, el viajero comenzó preguntando por libros que documentaban la llegada del Islam suní a las islas Maldivas en el siglo XII y luego, por aquellos otros que relataban las rebeliones secesionistas del sur del archipiélago. Era ya media tarde cuando extrañado de no encontrar a la vista ninguna información anterior a la llegada del Islam, pidió un libro acerca de ese período de la historia. El anciano le llevó entonces ante una estantería donde unos documentos alargados con tapas de madera se amontonaban con descuido, explicándole que se trataban de unas *tablillas* antiguas encontradas en un templo abandonado perteneciente a la anterior religión budista de las Maldivas.

— Contienen viejas escrituras sobre magia y supersticiones contrarias a las sagradas enseñanzas del Corán que deberían haber sido destruidas hace tiempo. Pero prometí guardarlas a la persona que las trajo y mientras yo viva así lo haré.

Curioso por el relato, le preguntó…

— ¿Y quién era esa misteriosa persona?

El bibliotecario dudó, pero estaba tan agradecido de que un extranjero se interesara por su país que finalmente contestó.

— Fue un antiguo director de esta escuela, se llamaba Nassim Kand…

— ¿Kandhumoos? –respondió Arthur interrumpiéndole.

— Si, exactamente. ¿Cómo ha sabido su apellido?

— Me ha parecido leerlo en alguno de los libros –improvisó.

La respuesta debió parecerle factible porque acto seguido el bibliotecario pasó a confiarle su admiración por aquél antiguo director.

— Era un hombre que sabía muchas cosas del mundo y de la antigua cultura *divehi*. Fue una desgracia que dejara su cargo y se marchara a vivir al sur.

Intrigado, decidió aprovechar la oportunidad para seguir averiguando acerca del padre de Lilaa.

— ¿Y qué más sabe de él?

— No mucho. Solo que estuvo implicado en los disturbios acaecidos por la independencia de Addu y que por rebelde fue hecho prisionero y traído a Malé.

— ¿Me está diciendo qué no está muerto?

— ¿Muerto? Yo lo vi en el muelle bajando de una embarcación. Lo traían preso. Sin duda, era él.

Dejó una buena propina al bibliotecario y tras agradecerle sus servicios se despidió con prisas. Quería regresar a la Oficina del Enclave antes del cierre para comentar lo averiguado.

Al llegar frente al despacho tuvo que esperar la salida de una visita. Al cabo de unos minutos la puerta se abrió y salió por ella Sayyidmeiná que aprovechó el encuentro para preguntarle sin tapujos por el paradero de Lilaa.

— Lo siento mucho –dijo intentando disimular– no sé nada de ella. Teníamos una cita y no se presentó. Las mujeres son así de caprichosas. Si la encuentra, dele recuerdos de mi parte –añadió mientras el orondo director con evidente enfado se echaba a un lado para dejarle pasar.

El Mayor Philips hizo un ademán para que se acercara y en cuanto se cerró la puerta, le preguntó:

— ¿Es verdad que no sabe por dónde anda Miss Devi?

— Antes de contestarle no cree que debería explicarme por qué no me dijo la verdad esta mañana al decir que Kandhumoos cayó al agua y murió, cuando en realidad llegó vivo a Malé.

— Vaya, Mr. Green, es usted bueno en su trabajo. ¿No se lo habían dicho nunca en la redacción de su imaginado periódico? También usted me mintió, tengo mis fuentes de información.

— Lo siento, no era mi intención se lo aseguro. No es cierto que sea periodista, tan solo fue una excusa para poder entrar en el recinto oficial y asistir a la actuación.

— Le creo –contestó el oficial valorando el arrepentimiento mostrado en aquella respuesta.

Y aparentando corresponder, tras sospesar detenidamente aquello que debía callar, añadió:

— Yo en cambio le mentí por precaución. Hay ciertos asuntos confidenciales donde es mejor no decir toda la verdad. En el mundo se está produciendo un gran proceso descolonizador y el mantenimiento de la base británica en Gan se hace cada vez más difícil. En Inglaterra ya se están cuestionando la necesidad y viabilidad de la misma.

Arthur puso cara de entender aquella postura.

—Entre compatriotas, prométame ahora que no se le ocurrirá publicar algún día lo que voy a contarle.

— No tema, como bien ha dicho el diario para el cual trabajo no existe.

— Excelente, ya veo que nos vamos a entender. Cuando vino usted esta mañana le indiqué que el padre de Lilaa era uno de los ideólogos de aquella república independiente que se formó en el sur. Lo que no le dije es que también era un hombre de acción. No murió ahogado sino que cayó prisionero al inicio de los conflictos con las tropas del sultán comandadas por Sayyidmeiná, a quien por cierto, ya conoce.

— Entonces lo que me contaron en la biblioteca es cierto. Ese hombre sigue vivo.

— Yo no diría tanto...

Hizo entonces una pausa y creyó prudente no decir la verdad.

—Por cuestiones políticas lo mantuvieron encarcelado y

oculto a ojos de todo el mundo. Con toda seguridad murió en la prisión, las condiciones eran muy duras. Y ahora que ya he satisfecho su curiosidad, contésteme a la pregunta que le hice al llegar. ¿Sabe dónde se encuentra Miss Devi?

Algo le decía al viajero que debía ser precavido y tomar ejemplo de la postura manifestada por el Mayor sobre los asuntos confidenciales, así que respondió en consecuencia.

— Ciertamente no lo sé, aunque le puedo asegurar que mi interés por ella nada tiene de extraño. Es más bien emocional. Esa mujer me tiene fascinado desde el primer momento en que la vi en el avión.

El oficial Philips respiró tranquilo al saber que se trataba de una simple atracción por aquella bailarina y que desconocía el lugar hacia donde se había dirigido. Él en cambio lo sospechaba. No obstante era conveniente que su compatriota no supiera nada más. Podría acabar metiéndose en problemas.

Al salir Arthur del despacho lo hizo pensando en que aquellas explicaciones recibidas eran bastante coherentes, a pesar de que seguía sin comprender el motivo de la precipitada marcha de Lilaa ni el interés del antiguo jefe de la policía en ella. De todos modos y para no obsesionarse, concluyó que ya tendría tiempo de indagar más durante el viaje en que había decido embarcar.

A medianoche tal y como habían acordado con Abdhulá, tras dejarse ver en el muelle junto al pasaje que se dirigía hacia el sur, aprovechó la oscuridad para ocultarse detrás de unas cajas y deslizarse hasta el *dhony* con el trébol en la popa que allí cerca aguardaba amarrado. Subió a bordo, se escondió bajo unas lonas y se quedó dormido.

Despertó al amanecer con los primeros movimientos de la embarcación. Solo él y el dueño de la pensión, iban en ella. Al tratar de incorporarse este le indicó con voz firme desde su puesto de timonel que se mantuviera oculto hasta que salieran del puerto. Ya fuera del espigón, se encontró con los primeros rayos del sol. Ahora sí, se levantó y observó la embarcación; a pesar de su pequeño tamaño le pareció a la luz del día, robusta, segura, con un aspecto muy peculiar con aquella roda esbelta y aquel mástil aproado sosteniendo una larga antena envergada por una vela teñida de rojo oscuro. El patrón al verlo tan ensimismado en ella le comentó que su color se debía a un tinte llamado *catechu*, extraído de una planta local que contenía alizarina.

Al alejarse de Malé el inmenso mar comenzó a rodearles y el viajero fue tomando conciencia de que nadie iba a poder ayudarles en el caso de que tuvieran algún contratiempo durante el trayecto. Estaba irremisiblemente en las manos del destino y en las de Abdhullá que por fortuna, parecía conocer bien aquellas aguas con sus canales y pasos invisibles a primera vista. Andaba distraído en todo ello, cuando este le pidió que se colocara a proa y vigilara algún cambio de color sospechoso en las aguas. No se extrañó. De niño había acompañado a su padre en un velero por la bahía de Bridgwater y sabía que un escollo oculto podía hundir una embarcación. Resultaba evidente la dificultad que suponía navegar por estos mares de coral milenario así que permaneció muy atento al fondo marino hasta que dejaron atrás los arrecifes. Solo entonces ambos pudieron relajarse y conversar a popa distendidos. Arthur tenía muchas preguntas que hacer.

— ¿Podría decirme adónde nos dirigimos?

— Qué te parece si empezamos a tutearnos ahora que navegamos juntos –propuso el patrón.

Y al ver que el joven asentía, se dispuso a contar todo lo que hasta ese momento había callado.

— Vamos rumbo al norte a una isla llamada Kudhafaree, y ya va siendo hora de que también sepas algunas cosas más.

— Lo estoy deseando –repuso impaciente por conocer en qué circunstancias se había embarcado.

— Nos dirigimos a esa isla porque Nassim Kandhumoos, el padre de Lilaa, se encuentra allí confinado.

— Pero... ¿no está muerto? –repuso sorprendido.

—Durante años así lo creímos todos, hasta que un pastor anglicano nos informó de lo contrario.

— ¿Estás seguro de lo que me cuentas? El Mayor Philips me dijo que murió en la prisión.

— Te mintió. Seguramente estaba obligado a no revelar su paradero aunque también es probable que lo hiciera para que no indagaras más. Se trataba de un secreto oficial que ni siquiera su hija sabía.

— ¡Qué gran noticia para Lilaa! ¿Cuándo lo supo?

— Fue después de la función. Su tío abuelo se presentó de improviso en el camerino y se lo comunicó ¡Imagínate! Estaba desbordada por los sentimientos y decidió partir esa misma noche a su encuentro.

— ¡No es para menos!

Arthur se quedó pensativo unos instantes tras deducir con alivio que el acompañante de Lilaa al salir del palacio era simplemente un familiar. Animado por haberse librado de otras conjeturas volvió a preguntar:

— Y tú Abdhulá, ¿cómo conociste a Kandhumoos?

— Fue mi vecino y también mi profesor de inglés durante el tiempo que vivió en Malé. Me enseñó a ver la vida más allá del horizonte que nos rodea. Le tenía un gran aprecio y me entristecí mucho cuando él decidió regresar a Addu. Luego supe de su deriva política y las circunstancias de su supuesta muerte. Por eso, cuando escuché rumores acerca de la invitación a su hija para bailar en los actos de la proclamación de la República, me pareció muy raro. Aunque no sospeché nada malo hasta que un familiar del primer ministro me contó que dicho ofrecimiento se había producido por insistencia de Sayyidmeiná. Entonces me alarmé. Ese hombre había sido un declarado enemigo de su padre.

— ¿Qué sucedió luego? –quiso saber intrigado.

— Al cabo de unas semanas me encontré a Moosa en el puerto y le comenté la noticia. Él me contó también otra a su vez increible ¡Su sobrino estaba vivo! Investigamos y sólo tuvimos que atar algunos cabos para sospechar que tras esa invitación de la hija podía existir un plan para atentar contra Nassim.

— ¿Atentar contra Kandhumoos?, ¿ pero, quién ?

Todavía no lo sabemos con seguridad. Probablemente Sayyidmeiná y, quizá también el gobierno esté implicado en este asunto.

Arthur se dio cuenta de que había decidido involucrarse en una historia local arriesgada e imprudente para un extranjero. De nuevo le asaltaron dudas y casi medio arrepentido se preguntó quién le mandaría meterse en este lío. Para tranquilizarse le planteó esa misma cuestión a su compañero.

— ¿Por qué decidiste hacer este viaje?

— Lilaa me lo pidió justo antes de partir. Quería que tú fueras a su encuentro.

—Es extraño, apenas nos conocemos. ¿Sabes el motivo?

—No, no lo sé... Espero que sea por el bien de Nassim.

Esa escueta respuesta del patrón tuvo no obstante una virtud, contentar al viajero. Ella quería que la siguiera y ese deseo de momento era suficiente para él. Ya tendría tiempo al llegar a la isla para comprender qué interés había para enredarlo en esa confusa historia familiar.

De todos modos, impaciente por averiguarlo, inconsciente-mente preguntó.

— ¿Cuánto tiempo nos llevará llegar hasta Kudhafaree?

— Nuestra embarcación es muy veloz, así y todo, con este viento del sur tardaremos unos tres días si todo va bien. Primero hay que cruzar entre los atolones de Malosmadulu y Fadippolu para seguir luego hacia el norte hasta el atolón de Miladummadulu, y una vez lo alcancemos deberemos rodearlo por el este y subir hasta Noonu. Desde allí avistaremos la isla.

— ¡Tres días navegando en esta pequeña embarcación en medio del océano! Eso es más de lo que había imaginado.

Abdhulá lo miró y se puso a reír.

— Viajar durante tres días no es mucho tiempo para un nativo maldivo -afirmó.

— ¿No podríamos llegar más rápido?

— Sí, si navegáramos también durante la noche aunque no es aconsejable hacerlo en estos mares. Solo somos dos personas a bordo y lo razonable es parar, descansar y dormir.

Aceptó resignado. El resto del día transcurrió entretenido pendiente de un curricán lanzado por la popa y observando cómo el patrón se orientaba y cambiaba el rumbo ligeramente a babor o a estribor según la posición del sol. Al anochecer arriaron la vela y echaron el ancla en un bancal de arena poco profundo para cocinar un poco de arroz con el que acompañar un *katteli* pescado aquella misma tarde. Ya mientras cenaban el viajero aprovechó para seguir indagando. Todavía se sentía inseguro.

— ¿Abdhulá, qué conoces acerca de Kudhafaree?

— Ya era hora de que lo preguntaras, me estaba comenzando

a preocupar –contestó en un tono burlón–. En las islas Maldivas nadie iza una vela sin saber adónde va.

—Te entiendo, pero este viaje como puedes suponer tiene muy poco de razonable para mí.

Su compañero esbozó una sonrisa.

—Se trata de una isla llana, frondosa, con escasa población y de difícil acceso por sus peligrosos *giris* y *thilas* que la rodean. Como todas las islas del norte vive básicamente de la pesca y al igual que muchas otras con estas características apenas si tiene contacto con Malé. El sultán escogió bien el lugar para exiliar a Nassim. Una isla pequeña, alejada e incomunicada.

— Por lo que cuentas, no habrá nadie allí que me pueda entender y eso me preocupa; deberías empezar a enseñarme algunas palabras en tu lengua. No quiero encontrarme con los nativos y parecer uno de esos ingleses incapaces de hablar en otro idioma que no sea el suyo.

— Me parece una buena idea, así y todo es mejor que ahora descanses. Se ha hecho tarde. Ya tendremos tiempo mañana para comenzar tus clases.

Caída la noche se recostó en cubierta sobre la *kuna* comprada en el mercado, se tapó con una manta y se quedó acurrucado mirando absorto al firmamento arrastrado por la emoción de saberse un puntito insignificante en el océano. En su casi soledad pensó que nada desde su salida de Inglaterra era comparable a lo que estaba viviendo aquellos días en las Maldivas, sobre todo, a partir de aquel extraño instante experimentado durante el espectáculo de baile. Desde entonces tenía la sensación de vivir abierto a una realidad distinta donde todo sucedía de manera natural con un único objetivo: llegar a una meta desconocida. Incluso creyó notar lo mismo que un día debieron sentir los caballeros del rey Arthur al partir de Camelot en busca del Grial. Le reconfortaba ser como uno de ellos recorriendo los caminos del mundo ¡Él, un oriundo de Glastonbury! No obstante, recordó que únicamente tres pudieron lograr su objetivo y tan solo uno fue capaz de regresar. Finalmente, agotado por aquella excitante y madrugadora jornada, cayó dormido mecido por el mar.

Al amanecer Arthur despertó muy descansado gracias al sueño reparador de la noche y durante aquel segundo día de viaje, se dispuso a disfrutar del extraordinario placer de navegar entre aquellas islas. Una de las cosas que más le asombró fue ver cómo su nuevo amigo las nombraba a medida que aparecían y desaparecían en aquel mundo azul infinito. Parecía saber todo sobre ellas y de esta forma las horas fueron pasando muy amenas mientras le explicaba, si tal o cual estaban habitadas, si había agua en ellas o las historias mágicas que se contaban de algunas. Aquella travesía le estaba resultando muy instructiva y por vez primera desde su salida del puerto se sintió muy bien en la inmensidad del mar. Pero al llegar el tercer día de navegación, todo cambió. El *dhony* en el que viajaban se adentró en una zona de calmas y dejó de avanzar.

— Hay que resignarse y esperar a que el viento sople de nuevo –comentó entonces Abdhulá.

— ¿Y cuándo puede ser eso?

—Pueden llegar a pasar muchas horas o incluso días antes de que eso ocurra. Por fortuna, si se diera el caso, llevamos agua suficiente a bordo; para salir a navegar hay que ser previsor.

No gustó nada al viajero aquella contrariedad que iba a impedirles alcanzar la embarcación que les precedía antes de llegar a Kudhafaree. Tampoco gustó al patrón, pero en su caso por motivos bien distintos.

— Habrá que permanecer muy atentos. Ahora somos vulnerables –anunció con disgusto.

— ¿Vulnerables a qué?

— ¡A los malos espíritus! Sin viento no podemos escapar de ellos. Estamos a su merced.

— ¿Malos espíritus? –repitió incrédulo ante la total soledad de la pequeña embarcación en medio del océano.

—Aquí los llamamos *kandufuretas*. Tienen aspecto de monstruos marinos y podrían atacarnos. Aunque no siempre se presentan así. En ocasiones adoptan otras formas como por ejemplo, la de un tronco flotando en el mar.

— No parece que un tronco pueda ser muy peligroso.

— Te equivocas. En esos casos se cruzan en el rumbo de los barcos para dañarlos; en otros, llegan con disimulo hasta la playa y esperan en la arena a que algún incauto los recoja para emplearlos como leña. Una vez están en el interior de las casas, desatan sus poderes provocando enfermedades que pueden llegar a convertirse en terribles epidemias.

— ¡Vaya, resulta increíble!

— Sin embargo, tiene una explicación razonable. Estamos aislados de los males y cuando llegan, solo pueden hacerlo por mar. Únicamente en el interior de las islas los nativos nos sentimos seguros.

— Entiendo por tanto que debéis temer a todo aquello desconocido que pueda venir del exterior.

— Sí, así es. Nos gusta el orden y la armonía para mantener una vida saludable. Las dolencias son un gran problema y cuando alguien enferma, dadas las circunstancias en que vivimos, solo podemos confiar en sanar gracias a la *divehi bey* nuestra medicina tradicional.

Esa última frase hizo recordar al viajero su pequeño botiquín médico traído desde Inglaterra y se alegró de llevarlo consigo. De todo lo contado por su nuevo amigo, lo que más le llamaba la atención era la gravedad con la que hablaba de esos seres malignos y esa fascinante facilidad para transformarse. No les tenía miedo. Había tenido la oportunidad de leer mucho sobre espíritus de todo tipo y a pesar de ser escéptico, en el fondo, por si acaso los respetaba.

— ¿Y en tierra firme, también hay *kandufuretas*? –volvió a preguntar algo más preocupado.

— Desde luego. Los más populares se llaman *handi*. Aparecen de improviso en el bosque y adoptan la forma de una mujer hermosa. De esa manera seducen a los hombres fácilmente y en un momento determinado, cuando se han ganado su confianza, se transforman en una horripilante bruja para beberles su sangre o para utilizarlos durante mucho tiempo para tener hijos.

Hermosa y de improviso –consideró Arthur–. Tal y cómo apareció Lilaa en su vida aquel día en el avión… ¡Menos mal que ella tenía un padre por todos bien conocido!

— Será mejor que mientras permanezcamos aquí parados –añadió el patrón– hablemos entre nosotros para mostrarnos despreocupados; solo así creerán que no les tenemos miedo y no se atreverán a atacarnos.

Convencido de sus palabras y para mostrar que no estaba bromeando se puso acto seguido a recitar unos *raivarus*.

El viajero lo miró extrañado. La actitud de su compañero no dejaba lugar a dudas acerca de sus creencias. Sin embargo reconoció que no era el más indicado para dudar de ellas, al haber nacido él en un lugar inmerso en misterios y leyendas. De hecho, la mismísima librería esotérica de Liverpool donde había estado trabajando era un buen ejemplo de ello. Así que al no tener nada que objetar y ante su insistencia, se puso a colaborar canturreando algunas melodías populares inglesas. Abdhulá complacido, quiso acompañarlo tomando un pequeño *bodu boru* guardado bajo la cubierta. Fuera por miedo o porque no tenían otra cosa que hacer, al poco rato se encontraron ambos cantando sin parar, congratulándose del nacimiento de una amistad y olvidándose de haber perdido todo un día de navegación. Esa noche de todos modos, a pesar del cansancio, le costó dormir a causa de aquellas historias y la extrema humedad que le calaba los huesos.

Capítulo XII

NAVEGANDO A KUDHAFAREE

En algún lugar más al norte de las calmas que retenían al viajero, Moosa y Lilaa, ajenos por completo a esas circunstancias seguían navegando aproximándose a su destino. El tío de Nassim estaba ansioso por llegar; no podía fiarse del astuto Sayyidmeiná que con toda probabilidad a estas alturas ya habría descubierto hacia donde se dirigían. Confiaba en que Maniku, el marinero, hubiera entregado a tiempo el mensaje a su sobrino y ahora deseaba llegar cuanto antes a la isla para evitarle cualquier nuevo peligro. Lilaa también estaba inquieta aunque por motivos bien distintos; durante la travesía Moosa le había estado contando todo lo padecido por su padre y ahora, después de tantos años de creerse huérfana, ansiaba abrazarle, estar con él y decirle cuánto le había echado de menos. Para distraer su impaciencia en aquél último día de viaje, se entretuvo pensando con el joven europeo. No era la primera vez. Lo había estado haciendo con cada atardecer al recordar a Arthur sentado a su lado en el avión contemplando extasiado la esplendorosa puesta de sol maldiva, especialmente, el instante aquel en que al girarse hacia ella se había quedado embelesado observándola. Fue una mirada limpia, curiosa, con el corazón. Tenía mucho de inusual. Desde entonces se sentía atraída por él aunque no era esa la única razón, también deseaba que viniera a su encuentro para averiguar qué significado tenía aquella extraña visión que tuvo en el muelle antes de partir. Confiaba en que no andaría muy lejos, si bien era cierto que por más que observara el horizonte por la línea de popa no había indicios de ninguna vela lejana, solo el mar desnudo. ¿Y si el viajero no se hubiera presentado a la cita y se hubiera quedado en la capital? Pero enseguida rechazó esa idea. Al cerrar los ojos podía verlo navegando hacia ella. Dos barcos, uno tras otro con el mismo rumbo, surcaban aquellas aguas.

Un inesperado golpe de mar le hizo abandonar esos pensamientos y girarse hacia la proa. A lo lejos una tenue línea de palmeras difuminadas por el calor reverberante aparecía y desaparecía en la lejanía. Miró a su tío-abuelo buscando una respuesta. Este también se había dado cuenta y con alegría en el rostro lanzó un grito a toda la tripulación...

¡¡¡Kudhafaree a la vista!!!

Al otro lado, en tierra, ajeno todavía a aquella embarcación distante que se aproximaba, Nassim Kandhumoos se sentía esperanzado tras saber que Moosa había logrado averiguar por fin donde se hallaba. No obstante, al mismo tiempo andaba desconcertado por aquellas otras noticias traídas por el patrón de Tiludamati acerca de una amnistía concedida o del baile de su hija en la capital aunque lo que más intrigante era el mensaje traído por aquel marinero; no sabía realmente qué pensar sobre esa breve advertencia de su tío. ¿Por qué tanta parquedad? Intentó que Maniku le contara los motivos, pero el hombre no supo decirle nada más. Se limitó a repetir una y otra vez lo mismo. Ahora tras dar muchas vueltas a todas esas hechos y ajeno a la conspiración que se cernía sobre él, había llegado a la conclusión de que si su hija estaba en Malé y su tío también, era lógico que ambos hubieran decidido venir juntos. Quizá el sentido de aquel escueto mensaje era simplemente ese. Darle una gran sorpresa.

Ese posible reencuentro le parecía un milagro y le llenaba de alegría no exenta sin embargo de una cierta inquietud. Al separarse de Lilaa cuando sólo tenía diez años se había perdido una etapa muy importante en la vida de cualquier niña y eso le preocupaba. No sabía si la encontraría feliz, tal y como la recordaba cuando jugaban juntos en la playa de Feydhoo o si por el contrario le guardaría algún rencor, no obstante no era ese su único temor, también había sucedido algo más. En aquellos años de forzado exilio había intentado rehacer su vida y agradecido con la población que lo acogió sin reservas había creado una escuela y tomado una nueva mujer que, embarazada, había fallecido durante el parto hacía menos de un año. Ahora

Lilaa tenía un hermanito de once meses, Kooya, y se preguntaba si ella lo entendería, si comprendería su soledad en esos años sin esperanza lejos de la familia y los amigos. Para salir de esas dudas se aferraba al presente. Su hija se había convertido en una gran bailarina. ¡Estaba orgulloso! Lo cierto es que siempre supo que tenía ese don. Así lo había constatado en múltiples ocasiones cuando de niña la veía corretear alegre dando brincos jugando a interpretar una danza imaginaria. Curiosamente, a su esposa Chandra esos juegos nunca parecieron sorprenderle del todo, al contrario, siempre le repetía lo mismo: "no te preocupes Nassim, son cosas de los dioses". Después de tanto tiempo y si sus suposiciones eran ciertas esperaba muy pronto recuperarla y se preguntaba cada día, en todo momento, si Lilaa ya habría zarpado.

Aquella mañana en que sin saberlo la embarcación de Moosa estaba a punto de aparecer por el horizonte, él se había acercado hasta la playa para recoger unas plantas con las que preparar una infusión medicinal para su hijo que yacía enfermo desde hacía una semana. Al cobijo de la sombra aprovechó la ocasión para escudriñar una vez más el mar. Lo venía haciendo a diario desde que recibiera el aviso del marinero, pues sabía que más tarde o más temprano su tesón le premiaría con la buena nueva. Abstraído estaba en su contemplación cuando a lo lejos creyó ver un puntito oscuro en el horizonte. Una esperanza le asaltó. Intentó agudizar mejor su vista quedándose inmóvil observando con paciencia desde su puesto de vigía. Se quedó así durante un buen rato hasta estar seguro de que, efectivamente, se trataba de una embarcación dirigiéndose hacia la isla. Poco a poco esta se fue acercando y su corazón comenzó a agitarse al distinguir tres velas triangulares. Podría tratarse del viejo *batelli* de su tío, sin embargo, todavía estaba demasiado lejos para poder distinguir nada más. Continuó aguardando mientras seguía aproximándose hasta que por fin el barco cruzó la barrera de coral, se adentró en la laguna y virando una y otra vez buscó el viento que le permitía poner rumbo a la playa. La llegada le pareció eterna. Tras una última ceñida el corazón ya le latía con desespero ¡Podían ser ellos! Todavía tuvo que esperar algo más para discernir algunos hombres en la cubierta, pero no veía a su hija… Faltaban apenas doscientos metros, cuando observó a proa ondear un velo .

Una silueta femenina que había permanecido oculta hasta ese momento se levantó y corrió a abrazarse con quien podía ser Moosa, de pie, junto al mástil ¡Esa mujer tenía que ser ella! Salió de su lugar de vigía y se dirigió apresurado hacia la orilla.

La embarcación echó el ancla. Ahora ya podía distinguirlos con nitidez levantando los brazos, ¡le saludaban! Nassim no pudo aguantar más la emoción y cayó arrodillado en la arena mientras rompía a llorar dando gracias a todos los dioses que alguna vez hayan sido. Lilaa al ver a su padre roto por la emoción, saltó de la barca y con el agua hasta los muslos corrió alocadamente hacia él de la misma manera que lo hiciera cientos de veces cuando todavía era una niña en la playa de Feydhoo.

Al día siguiente de aquel emotivo reencuentro, bastantes millas más al sur de Kudhafaree, un *dhony* con las velas teñidas aguardaba el amanecer fondeado en medio del mar. Abdhulá fue el primero en despertar, ordenar la barca y preparar un buen té caliente. Su aroma desveló al joven viajero justo cuando despuntaba el sol y al levantarse, sintió sobre su rostro una suave brisa anunciándole el regreso del viento. Eso mismo debía estar pensando el patrón cuando al verlo despierto le pidió ayuda para izar la vela. Arthur alzó la vista y pudo ver, más allá, a la luna albaina tenuemente iluminada. Era una imagen poética, sugerente y hermosa que lo animó a cazar el cabo de la mayor y tirar con fuerza de él. El *dhony* crujió y comenzó a moverse lentamente. Ambos cruzaron miradas de alivio. Por fin iban a dejar atrás las calmas marinas con sus fantasmagóricos peligros.

Ya más relajados, liberados de la posibilidad de pasar otro día de espera, observaron que de seguir soplando ese viento con fuerza no tardarían en ver al atolón de Miladummadulu, y calcularon que por la tarde de ese mismo día llegarían a su destino. Arthur se alegró. Comenzaba a notar la necesidad de volver a pisar tierra firme.

— Ahora que ya podemos navegar tranquilos, es el momento para enseñarte algunas palabras en *divehi* –le propuso entonces el patrón-. Más tarde, a partir del momento en que avistemos la isla, nos será imposible hacerlo.

— ¿Y eso por qué?

—Tendremos que permanecer muy atentos para encontrar unas estacas en medio del mar.

— ¿Estacas en el mar?

— Sí, has oído bien. Están formadas con un tronco y hojas de palmera atadas a su alrededor. Son de gran importancia. Las colocan los nativos para indicar el *kandhu* por el cual atravesar de forma segura los arrecifes que rodean a las islas

Dashe, taris, anjenu, andany, benu, queron, tafat, massel… Ochenta palabras memorizadas más tarde, hacia el mediodía, avistaron por fin Kudhafaree y comenzaron a buscar en la lejanía las señalizaciones ancladas. Una vez localizadas, se aproximaron a ellas sin prisas y con precaución para evitar que las fuertes corrientes producidas por la entrada de las aguas oceánicas al interior de la laguna, llevaran a la embarcación contra la barrera de coral. Al otro lado, un sugerente entorno les aguardaba. Habían dejado atrás el agitado profundo añil del mar y ahora las aguas se tornaban plácidas, turquesas, para convertirse en esmeraldas a medida que la embarcación se adentraba en la bahía hasta llegar radiantes, mansamente cristalinas a besar una playa de blanca arena coralina guardada por un armonioso frente vegetal, cuyo vibrante verdor, delineaba en el cielo el idílico paisaje de una isla subtropical. Una imagen amable de paz y sosiego donde algunas palmeras inclinadas sobre la orilla parecían saludar a los visitantes invitándoles a llegar hasta ellas. Arthur no pudo sino emocionarse ante esa extraordinaria exhibición de exotismo y belleza natural más propia de un sueño onírico que de una realidad palpable.

Al aproximarse divisaron a unos cuantos niños y adultos agitando sus manos en señal de bienvenida ante la inminente llegada de aquel desconocido *dhony* de velas rojizas. Llamados por la curiosidad otros muchos siguieron apareciendo entre la maleza hasta formar un nutrido grupo. Cuando la distancia visual fue haciéndose menor y Arthur ya podía distinguir sus rostros, todos ellos, uno a uno, se fueron quedando insólitamente serios. De repente ya nadie corría ni saludaba. El viajero, extrañado, intentó buscar una respuesta mirando con perplejidad a Abdhulá que a pesar de la situación no dejaba de mostrarse divertido y sonreír.

— ¿Qué les ocurre? ¿Por qué se han quedado todos tan quietos de repente? .

— Es por ti –le indicó.

— ¿Por mí? Pero si no me conocen de nada.

— Precisamente por eso, amigo mío. Hazte a la idea. Están asombrados y algo atemorizados porque para ellos tú no solo eres un extranjero. También eres la primera persona de piel blanca que ven en toda su vida.

Se quedó atónito. No podía creer que en pleno siglo XX pudiera tener la oportunidad de vivir una experiencia tan insólita como esa. Jamás había imaginado algo así. Todavía impresionado ayudó a recoger las velas y luego se preparó para desembarcar. Saltó al agua y mientras caminaba hasta la orilla observó a los nativos; deseaba que entre ellos se encontrara Lilaa para ayudarle en ese embarazoso momento, pero no estaba ahí y al no verla sintió un cierto desamparo. Fue el patrón al darse cuenta de su apuro quien al llegar a la playa explicó a los sorprendidos isleños que aquel hombre era un inglés y además, un amigo de la hija de Kandhumoos. Arthur intentó parecer amable para no asustar más de lo conseguido sin querer. Cargó al hombro su mochila y se dejó guiar dócilmente a través de un *fannu* hasta el poblado.

— Me pregunto por qué no hemos visto todavía a Lilaa -le comentó a su compañero.

— No tengas prisas. Yo también tengo ganas de reencontrarme con Nassim. Pero para ser bienvenidos hay que seguir las costumbres; primero nos llevarán a casa del *katheeb* quien deberá autorizar nuestra estancia en la isla. No olvides que mientras permanezcamos en ella vamos a ser sus invitados y dependeremos de esta gente para comer, beber y dormir. Y una cosa más -añadió- todos van a querer que honremos su casa con nuestra visita, especialmente tú, "el hombre blanco".

— Me temo que voy a parecer muy poco sociable. A pesar de lo que me has enseñado no consigo entender nada de lo que dicen.

— No te preocupes por ello. Cuando te hablen, sonríe y a todo lo que digan respondes, *sukriya*, gracias en árabe. Así podrás estar seguro de no provocar ningún malentendido.

El *katheeb* los recibió con actitud reservada, les ofreció un té caliente y curioso por saber acerca de ellos comenzó hablar con Abdhulá. Una vez acabada la conversación se mostró más atento e incluso sonrió al extranjero que permanecía callado discretamente en un rincón.

— No se ha extrañado de nuestra llegada –le tradujo el patrón– al parecer Moosa ya le había hablado de nosotros. Me ha estado haciendo muchas preguntas sobre ti, y se ha sentido mucho más tranquilo cuando le he comentado que eres una persona a quien le gusta cantar. Nos ha ofrecido su casa para alojarnos mientras estemos en la isla.

— ¿Te ha dicho dónde se encuentra Lilaa?

— Sí, se lo he preguntado. Salió a pescar esta mañana con su padre y su tío. Tenían ganas de estar solos en familia para poder hablar con tranquilidad. Regresaran al atardecer.

— Dale las gracias al jefe de mi parte por su amabilidad y dile que me gustaría caminar un poco. Necesito andar, llevo días soñando con ello.

Se llevó una mano al pecho e inclinando levemente la cabeza hizo ademán de despedirse.

Ya en el exterior de la casa, al otro lado del patio, se encontró de nuevo frente a frente con los nativos cada vez más numerosos. Habían estado aguardando su salida y ahora se amontonaban alborozados hablándole atropelladamente, tirándole del brazo intentando que se uniera a ellos. Quiso volver hacia atrás, pero ya no pudo. Sin comprender lo que ocurría y para no parecer grosero cedió y se dejó guiar por el más insistente hasta llegar a una humilde casa. Entró, y ya en su interior se encontró con los miembros de la familia esperando de pie con un vaso lleno de un líquido turbio de color blancuzco y una bandeja de frutas. Cerraron la puerta. Durante unos instantes le miraron sin decir nada hasta que el viajero algo tenso decidió presentares diciendo su nombre. Mientras lo repetían con curiosidad y pronunciaban el suyo respectivo, se acercaron y le ofrecieron tomar aquella bebida cuyo desagradable olor no hacía presagiar nada bueno. Arthur titubeó, pero al ver la cara de agrado de sus anfitriones entendió que debía de tratarse de una preparación muy apreciada e intentó disimular, dio las gracias en árabe tal y como había aprendido y se la llevó a los labios. La llamaban *raa*, era agua de coco fermentada y sabía a diablos; por cortesía no tuvo más remedio que beberla entera apurando el vaso. Cuando logró acabar, las muestras de aprobación fueron unánimes y entonces, con radiante satisfacción, se dirigieron todos a él repitiendo sin cesar: ¡*Lavekia*! ¡*Lavekia*! ¡*Lavekia*!...

En esta ocasión reconoció aquella palabra enseguida. Era una de las ochenta aprendidas en la travesía y recordó su significado… "cantar". ¡*Lavekia, lavekia*! insistieron de nuevo. Quedaba claro que Abdhulá les había contado esa faceta suya. Resignado no tuvo más remedio que consentir y como pudo entonó a capela una canción. Al finalizar la alegría de los presentes era tan evidente que el viajero se sintió abrumado. Les había gustado. Contentos, abrieron entonces la puerta y dando la visita por finalizada, lo acompañaron de inmediato al exterior de la casa donde el resto de nativos aguardaban para disputarse el honor de ser el siguiente en invitarlo a su hogar. Sobrepasado por las circunstancias se dejó arrastrar y pronto se vio envuelto en la misma situación, otra familia, otra bandeja, el mismo brebaje fermentado y al final las mismas palabras ¡*Lavekia, lavekia*! ... Una canción y de nuevo, vuelta empezar. La gente parecía muy feliz con sus idas y venidas de una casa a otra, pero al atardecer él ya se encontraba embriagado por aquella bebida que ahora sabía alcohólica, y sin ser consciente de si cantaba o lloraba pidió que le acompañaran a la playa. Llegó hasta ella tambaleante y sin poder remediarlo cayó mareado en la arena para quedarse profundamente dormido entre las risas de los isleños, felices de haber dado tan buena bienvenida al huésped blanco.

Capítulo XIII

UN EXTRAÑO ATARDECER

Después de haber pasado el día pescando con su familia, Lilaa, nada más llegar aquella tarde a la playa se dirigió apresuradamente al poblado.

— ¿Sabes qué le ocurre? –preguntó Nassim a su tío mientras recogía las artes de pesca–. No entiendo esas prisas ni tampoco que se haya pasado toda la mañana pendiente del horizonte.

Este le miró sin darle importancia.

— No te preocupes sobrino, andaba buscando una vela rojiza a lo lejos.

— ¿Una vela rojiza?

— Sí, la que suele izar el *dhony* de tu viejo amigo Abdhulá.

— ¿Pero qué tiene que ver él con mi hija?

— Nada en realidad. Pero sí un joven inglés que conoció en el avión cuando viajaba hacia las Maldivas.

—¿Un inglés? ¿En el avión?

—Verás, antes de zarpar del puerto de Malé no sé cómo se las apañó para convencerme de que ese extranjero viniera también hasta Kudhafaree. Tienes una hija muy persuasiva, ¿lo sabías? Al no poder retrasar en ese momento nuestra salida, decidimos que viajaría al día siguiente con Abdhulá. Tengo la impresión que ese muchacho de alguna manera le atrae.

— Pero que locura es esta, si todavía es una niña…

Moosa rio de la ocurrencia.

— Abre bien los ojos. Tiene ya veinte años.

Era cierto. Llevaba tanto tiempo sin verla que su recuerdo le impedía darse cuenta de que se había convertido en una espléndida mujer. Había heredado la intuición de su abuela Aila y también, la sensualidad y el talento artístico de su madre. Era muy hermosa. Aunque aquella iniciativa de traer hasta la isla a un extranjero que acababa de conocer la consideraba muy poco juiciosa.

— No deberías ponerte así -le dijo su tío al notarle cierto enfado-. Recuerda aquella primera atracción entre tú y Chandra en aquel viaje en barco. ¿No te parece una curiosa coincidencia?

— Es verdad, pero eso fue distinto. Lo que sucedió entonces es irrepetible...

¿O quizá no?-se preguntó-. ¿Habría sentido su hija algo parecido? ¿Existía algún motivo para actuar de esa forma? Lo averiguaría. Hablaría con ella.

Cuando ya casi anocheciendo ambos llegaron a la casa se cruzaron con Lilaa que en ese momento salía apresurada por la puerta con una manta y un poco de leña.

— Arthur ya está aquí –les dijo risueña–. Se encuentra en la playa desmayado.

— ¿Desmayado?, ¿pero quién es Arthur? –contestó Nassim aparentando no saber nada.

— No te preocupes *babú*, luego te lo cuento todo. Confía en mí. Tu amigo Abdhulá también ha llegado y está esperando en el jardín trasero deseando verte. Vuelvo enseguida. Mientras tanto, él os podrá explicar lo sucedido.

—Pero no crees que deberi...

Marchó dejándole con la palabra en la boca y cuando al poco ella regresó a la casa, se encontró a los tres comentando animadamente las azoradas vicisitudes del extranjero en la isla.

Esta vez su padre no se anduvo con rodeos.

— ¿Por qué has hecho que viniera ese inglés hasta aquí?

Ella jovial hasta ese momento se serenó ante la pregunta y contó con seriedad lo ocurrido aquella noche en el muelle de Malé antes de partir.

—Tuve una visión anunciando que ese joven debía acompañarme en este viaje. Sé, padre, que es muy extraño, pero no sé explicarte nada más. Sentí la imperiosa necesidad de tomar esa decisión a pesar de las circunstancias.

Nassim miró con cautela a Moosa y calló. Sabía que esa facultad clarividente la poseían generación tras generación las mujeres de su familia y no era algo de lo que dudar ni bromear.

Así que a pesar de quedar intrigado por la respuesta, se dio por satisfecho y no hizo más preguntas. Tampoco las hizo a la mañana siguiente, cuando justo antes de amanecer vio a su hija preparar una cesta y salir de la casa. Sabía adonde se dirigía.

El viajero despertó en la playa. Al abrir los ojos se extrañó al verse arropado por una fina manta que lo cubría. Sintió pesadez en la cabeza y rememoró vagamente cómo había quedado sin sentido por culpa de aquella leche de coco fermentada cuyo solo recuerdo le producía pesadillas. Al incorporarse, observó unas brasas encendidas todavía cerca de él y entendió que alguien se había tomado muchas molestias. La luz en el cielo tenía un brillo dorado y el sol se encontraba en medio del horizonte. Era tarde –pensó–. Se disponía a regresar al poblado, cuando al mirar de nuevo al globo solar se quedó desconcertado ¡Ahora el sol se encontraba por encima del mar! Atónito, tardó en comprender que no era la luz del atardecer aquella que contemplaba sino la del alba. Consultó su reloj y cayó en la cuenta del tiempo que había pasado durmiendo. Contrariado, juró que nunca más volvería a beber aquel brebaje nativo. Todavía aturdido por la resaca se preguntó avergonzado qué habrían pensado de él, Lilaa y su familia al regresar ayer de pescar y saber que andaba embriagado durmiendo en la playa.

Mientras se lamentaba todavía por aquella situación, observó una silueta a lo lejos. Era la de una muchacha que venía andando por la orilla evitando mojarse los pies… ¿Y si fuera ella? Tal y como se fue aproximando ya no le cupo la menor duda. Caminaba con la misma elegancia con la que bailaba. Se puso en pie atolondrado y la saludó. Lilaa respondió. No parecía enfadada. Venía a su encuentro vistiendo con la sencillez de la mujer maldiva, con un *libaas* tradicional de algodón sobre un pareo anudado. Su pelo lo traía recogido y llevaba un cesto sobre su cabeza. No era ya la diosa del escenario que recordaba sino más bien su sugerente versión terrenal. Por fin iban a reencontrarse, aunque eso sí, en unas circunstancias muy distintas a las que hubiera podido imaginar. Se apresuró en avivar el fuego, extender de nuevo la fina manta sobre la arena y a esperar impaciente.

Al llegar la joven a su lado juntó sus manos sobre el pecho y sonriente le saludó en hindi:

— *"Namaste"*. Gracias por confiar en mí. Estoy contenta de que decidieras seguirme hasta tan lejos –dijo con naturalidad–. Has sido muy audaz.

Él agradeció el tono de sus palabras que le sonaron a música celestial y se sintió feliz por tenerla al fin de nuevo a su lado.

—Este viaje ha sido todo un reto para mí.

—He traído algo de fruta, pan y un poco de té caliente en el termo. Después de tu embriaguez necesitarás tomar algo.

— ¡Oh, discúlpame! No sabes cuánto lo siento. ¡Qué dirán de mí ahora en esta isla!

Lejos de parecer disgustada ella sonrió y se sentó a su lado.

— No debes preocuparte, tu llegada no pudo ser mejor.

— Por favor, no te burles –respondió confundido.

— No me burlo. Te voy a explicar algo para que me creas. Ayer al atardecer, cuando regresamos, la gente del poblado estaba muy contenta al haber podido comprobar que no eras ningún fantasma como algunos creyeron al verte llegar. En las islas Maldivas se cuenta que esos seres nunca se emborrachan por mucho que beban alcohol de palma.

— ¡Vaya, menos mal! Me alegra saber que el suplicio de esa bebida haya servido para algo bueno.

— Aquí cualquier persona extraña es vista con recelo, y tú lo eres con ese color de piel.

— Confío que no lo sea para ti –puntualizó.

Ambos rieron alegremente de la ocurrencia. Se dispusieron a desayunar y mientras bebían una taza de té, Lilaa quiso explicarle las circunstancias que amenazaban a su padre para que pudiera comprender mejor su precipitada marcha de Malé, pero el viajero la interrumpió haciéndole saber que ya las conocía.

— Entonces entenderás porque no me presenté a nuestra cita.

— No te preocupes por ello. Yo habría actuado de igual manera si hubiera estado en tu lugar. De todos modos hay algo en toda esta historia que llevo días queriendo saber.

— ¿Y qué es? –preguntó curiosa.

— ¿Por qué me pediste que te siguiera hasta aquí?

— Me lo rogó el mar la noche que partí de la capital, aunque también es cierto que sin la calidez de aquella mirada que nos cruzamos en el avión no me hubiera atrevido a pedírtelo –reconoció con cierto rubor.

Arthur notó su corazón acelerarse al constatar que también ella había quedado atrapada por aquel momento.

— Yo sentí lo mismo. Ese día me precipité en la profundidad de tus ojos y desde entonces me noto feliz envuelto en ellos, quizá por eso, a pesar de la incerteza de este viaje, te hubiera seguido hasta el mismísimo confín del mar si me lo hubieras pedido.

El extranjero pronunció esas palabras con tanta sinceridad que la joven, al escucharlas, sintió un suave calor que le subía por el vientre.

— ¿Tan solo por una mirada serías capaz de hacer algo así?

— No fue sólo una mirada, también fue tu baile. Jamás había encontrado a nadie capaz de despertar tanto misterio por descubrir, de todas maneras, debo confesar que me llevé un gran chasco al no poder entrar en tu camerino.

Ella sonrió divertida al contestar…

— Recuerdo que esa misma noche, antes de salir al escenario, me alegró verte en la sala. Luego tras mi danza y como siempre ocurre en todas mis actuaciones, necesitaba relajarme para meditar sobre lo que siento cuando bailo. No era esa, te aseguro, la mejor ocasión para volvernos a encontrar. Estaba cansada y preferí dejarte una nota para citarnos al día siguiente. Como puedes suponer en aquel momento no sabía nada de lo que ocurriría poco después.

— Debió ser muy emotivo saber de repente que tu padre no había muerto.

— Fue increíble. Nunca imagené que algo así pudiera pasar. Todavía tenía las sensaciones del baile a flor de piel cuando mi tío-abuelo me lo contó. Sentí tal deseo de estar junto a él, que acepté salir de inmediato a su encuentro. Esa noche al partir hacia el muelle te reconocí esperándome en la esquina, pero dadas las circunstancias creí que lo mejor era continuar mi camino. A pesar de ello, al llegar al muelle, justo antes de embarcar, ocurrió algo extraño y quise tenerte a mi lado.

—¿Algo extraño?

—Es una manera de hablar. En realidad no lo fue tanto para mí...Entonces pensé que alguien como tú, ajeno a mi vida y a mi familia podría ayudarnos si aquí iban mal las cosas.

Arthur escuchaba en silencio. Lilaa le hablaba sin reparos. Se sintió abrumado e intentando aligerar la situación, miró en el interior del cesto y vio en él una papaya. La tomó, la cortó con esmero y se la ofreció con delicadeza.

— Parece imposible poder compartir contigo estos momentos. Durante tu función eras inalcanzable en el escenario. Resulta maravilloso que alguien pueda llegar a transformarse de esa manera... ¿Cómo supiste que querías ser bailarina?

Ella sonrió y jugó con su silencio, antes de responder.

— Es una larga historia. No sé si debería explicártela todavía.

Él insistió con vehemencia.

— Te he seguido hasta aquí, vengo de otro mundo, otra cultura. Necesito comprender.

— Comprender no es fácil para un alguien com tú. Pero si así lo deseas, lo intentaré.

— Estoy impaciente por escucharla.

— Todo empezó después de recibir la noticia de la muerte de mi padre. Por aquel entonces vivíamos en Tanjoore y yo todavía era una niña a la que su madre enseñaba, mediante juegos y cantos, los principios, ritmos y movimientos tradicionales del *sathir*. Esa noche yo había encendido unos inciensos especialmente perfumados para iniciar mis rezos ante la imagen de *Shiva Natharaj*. De súbito, sentí en mí una extraña sensación de visión interior. Nunca antes había experimentado algo así. Esa fue la primera vez que ese don especial se reveló en mí.

— ¿Qué ocurrió después? –preguntó entusiasmado con aquel inesperado inicio del relato.

— Durante unos instantes pude ver a la estatuilla de Shiva en el altarcillo tomar vida y danzar ante mí hasta convertirse en una sombra hasta desaparecer. Me quedé boquiabierta buscándola. Cuando al fin volví a distinguirla, me vi a mi misma absorta bailando *sathir*. La sensación era de intensa calma y felicidad. Recuerdo a mi madre, mirándome. No estaba alterada, más bien parecía expectante. "Has visto algo que quieras contarme" me preguntó serenamente con complicidad, como si supiera que debía darme tiempo para reflexionar. Me quedé en silencio observando la estatuilla de nuevo inmóvil en su lugar. La tomé en mis manos y la hice girar una, otra y otra vez, más y más rápido, pero la figura no hizo el menor atisbo de caer ni siquiera de tambalearse. Asombrada, comprendí entonces que mi *karma* hundía sus raíces en el de mis antepasadas femeninas, alcé la vista y le dije... "Deseo convertirme en una *devadasi* como tú. Siento que *Shiva* me ha escogido para bailar con él y para él".

Arthur la escuchaba fascinado por aquel tono trascendente y ese halo misterioso en ella. Ansioso por saber más, siguió preguntando.

— ¿Y cómo reaccionó tu madre ante ese deseo?

— No se sorprendió, al contrario, fue como si supiera desde hacía tiempo que un día pudiera comunicarle algo así. No obstante, sus ojos estaban brillantes por la emoción. Me reveló que ninguna de mis antecesoras habían tenido una premonición parecida y conmovida me abrazó. Luego me contó que muchas veces se había preguntado si *Shiva* no habría permitido su embarazo para traer a este mundo a una nueva esposa celestial más abnegada que ella y prometió llevarme a una *kalashetra* para aprender la danza sagrada. Unas semanas más tarde vino un día a mi lecho y me dijo: "Vas a ir a Tanjoore a la escuela de Balasaraswati, la mejor y más respetada bailarina que conozco. Se trata de una *devadasi* de tradición familiar como tú, por eso creo que os vais a entender. Irás sola y te presentarás diciendo que eres mi hija, luego tan sólo *Shiva* sabe si te aceptará o no".

Hizo un alto para rememorar aquel momento y él aprovechó para ofrecerle un segundo trozo de papaya que ella volvió a aceptar.

—La academia de danza se encontraba ubicada en una sencilla casa de dos plantas. Al llegar pregunté a un hombre que vigilaba la entrada y le expliqué que era la hija de Chandra, la *devadasi* del templo de Brihaidiswara. Me pidió que aguardara. En cuanto ella apareció por la puerta supe enseguida que quería ser su alumna. Era una mujer de una mediana edad y llevaba pintado un gran *tikka* redondo de color rojo en la frente. Inspiraba determinación y confianza. Tenía unos ojos negros no muy grandes, pómulos anchos, mentón retraído, largas orejas y un arete de oro con tres pequeñas perlas en la nariz. Su mirada era intensa y sus gestos, elegantes, seguros. Me recibió con cariño y me hizo pasar mientras preguntaba por mi madre. Yo le conté de su vida, de su repentina atracción por mi padre en aquel barco en su viaje a las Maldivas...y le extrañó que eso hubiera podido ocurrir.

—Pues a mí no –interrumpió divertido el viajero.

Lilaa sonrió al recordarle su encuentro en el avión y prosiguió:

—Después le conté mi visión y mi deseo de aprender a bailar la danza clásica hindú. Parecía muy interesada. Durante toda la conversación, Bala, no dejó de mirarme directamente a los ojos intentando leer en ellos. Sabía que yo provenía de una larga generación de bailarinas consagradas a los templos, así y todo, me dio a entender que esa circunstancia con ser importante, no era suficiente y me advirtió:

"Si quieres que te admita como mi discípula primero deberás pasar una prueba".

Entonces me llevó a una sala amplia, luminosa, techada con hojas de palmera, situada en el piso superior de la casa. En una de las paredes, había colgada una gran fotografía coloreada de una mujer sentada sobre unos cojines sosteniendo un instrumento que parecía ser una *veena*. Me quedé admirando su rostro, se asemejaba mucho a ella. Al verme tan interesada me explicó que se trataba de su abuela Veena Dhanamai, una excelente concertista e indicando el centro de la habitación me dijo:

"Ahora que sabes algo de mí, enséñame lo que sabes tú sobre el *sathir*"

Yo me dispuse a bailar, pero antes vi en un rincón de la sala una diminuta estatuilla del dios *Ganesh* casi escondida. Me dirigí hacia ella, cerré los ojos y recé para que intercediera por mí ante los dioses. Cuando los abrí Balasaraswati me miraba muy satisfecha y me hizo saber...

"Has dado el paso correcto. La devoción es el primer requisito para entregarse a la divinidad y sin ella, no hay danza que valga la pena. Ya no es necesario que bailes, he visto justo lo que deseaba ver. Sepas lo que sepas, aprenderás" –y añadió– "Sin embargo, hay algo que deberías conocer antes de empezar tu formación".

Curiosa, me dispuse a escucharla con toda mi atención.

"La danza *sathir* ha sufrido durante mucho tiempo una gran

degradación social y por ello la moral victoriana intentó durante años menoscabar nuestro arte. Afortunadamente, los ingleses no consiguieron su objetivo de hacernos desaparecer y ahora la consideración de las bailarinas sagradas está cambiando gracias a la defensa que están haciendo grandes intelectuales de este país. Desde la llegada de la independencia a la India se está viviendo el renacimiento de nuestra danza y de nuestra cultura. Artistas como Ram Gopal, Rukmini Devi o yo misma, llevamos muchos años dedicando nuestro conocimiento a esa misión que deberás continuar tú en el futuro para devolver al *Bharata Natyam* todo el esplendor y prestigio que antaño tuvo".

Y entonces Bala me preguntó muy seria.

¿Vas aceptar Lilaa llevar esa responsabilidad?

Le prometí que dedicaría toda mi vida a ese objetivo y que nada me apartaría de él. Complacida, me dio su primer consejo:

"La puerta del aprendizaje es muy baja, precisa de humildad para agachar la cabeza y poder traspasarla. Si así lo haces te enseñaré a cambio todo lo que sé. No lo olvides".

Desde ese preciso momento me admitió como *shisya*, su discípula, y ella se convirtió en mi *gurú*, mi maestra.

Arthur, atento, sintió como su admiración por Lilaa no paraba de crecer.

— Sin lugar a dudas, consiguió transmitirte su arte. Te has convertido en una extraordinaria bailarina.

— Han sido años de aprendizaje muy intensos en mi vida

185

y todo ese esfuerzo habrá valido la pena, solo si Él se siente orgulloso de mí mientras bailo.

—Seguro que lo está. Durante tu actuación aquella noche en Malé estuviste magnífica. Fue asombroso. Jamás había visto una danza tan bella. Me conmovió tanto que llegué a sentir una experiencia increíble, desconocida. No sé cómo explicártelo, fue como un súbito latigazo de emoción recorriéndome la espalda y estallando en mi cabeza. Algo increíble. A partir de ese momento solo sé que quería tenerte cerca, saber más de ti, de tu danza. Necesitaba comprender qué me había sucedido.

A pesar de expresarse con aquella sencillez, Lila supo de inmediato la importancia y profundo significado de lo ocurrido. Nadie antes había apreciado su arte tanto como para llegar a ese punto. Era muy revelador aunque ahora no era el momento todavía de explicar nada más. Íntimamente halagada, notó crecer en su interior la atracción por aquel joven hasta sentir de nuevo un calor repentino en su bajo vientre. Pero en esta ocasión no intentó disimularlo. Se le acercó y le susurró al oído:

— Ya te dije antes que comprender no es fácil. En la cultura hindú, como *devadasi,* soy la esposa del dios *Shiva* el gran fecundador de la tierra. Él es el *lingam,* yo su *yoni.* Cuando dentro de siete días la luna esté ausente del firmamento, tú serás mi luna creciente en el pelo y yo tu palacio de jade.

El viajero se quedó literalmente sin palabras. No entendió muy bien lo que acababa de insinuar. Tampoco le importó. Sabía que era algo muy prometedor.

— De momento y hasta entonces será mejor que regresemos al poblado y nos mantengamos prudentes –indicó ella recogiendo la manta–. Se está levantando el día y pronto vendrá gente a la playa para su aseo matinal. Ven, acompáñame, mi padre quiere conocerte.

— Y yo también a él. Tengo la impresión de que se trata de un hombre admirable.

Lila respiró orgullosa sin poder disimular su satisfacción ante aquel comentario.

Capítulo XIV

UN DESCUBRIMIENTO INAUDITO

Una de las primera cosas que hizo Moosa al llegar a Kudhafaree fue informar a su sobrino del fallecimiento del padre O'Neil y de cómo este, antes de morir, le había revelado todas las circunstancias referentes a su confinamiento secreto, sospechas y temores. Al conocer Nassim los desvelos del pastor le agradeció todo lo que había hecho por él desde que era un niño; sin su tutela, enseñanzas y sabios consejos su vida habría sido muy distinta. Siempre fue la persona en quien confiar y acudir en todo momento. Al recordarle sintió con tristeza su pérdida y añoró no tenerle ahora a su lado, para poder decirle que andaba muy preocupado con la trampa tendida por el patrón de Tiludamati. ¿Quién estaba detrás de aquel intento de engañarle?

La respuesta no tardaría mucho en conocerla. Aquella misma mañana arribó inesperadamente a la isla, Maniku, el marinero del sur procedente de Finey en un pequeño *dhony* con un aviso alarmante: la inminente llegada a Kudhafaree de un grupo armado para llevarse a Nassim por la fuerza. Tan pronto se conoció la noticia, el *katheeb* convocó de inmediato al Consejo del poblado para informarles de la situación. Reunidos bajo la sombra de un gran árbol fue Moosa el primero en tomar la palabra.

— Hoy se ha sabido que esta misma noche llegará una embarcación con gente violenta y armas a la isla con la intención de llevarse por la fuerza a mi sobrino. Como podéis suponer, tanto él como yo estamos muy preocupados por saber qué posición adoptar ante esa amenaza. Es por ello que necesitamos preguntar al Consejo cual va a ser vuestra postura. Si vais a consentir o no que eso ocurra.

Se oyeron murmullos y comentarios dispersos entre los presentes durante unos momentos, hasta que al poco se alzaron todos en una sola voz a favor de Nassim.

—¡De ningún modo lo vamos a permitir! –clamaron indignados.

El Jefe de la isla se puso en pie y sentenció:

—Durante estos años que Kandhumoos ha estado entre nosotros se ha ganado nuestro respeto y gratitud, así pues contad con nuestra ayuda.

Entonces pidió la palabra Nassim.

—Os agradezco vuestra valentía. Estoy orgulloso de vosotros y aprovecho para agradeceros el cariño que me habéis mostrado, pero no quiero poner en peligro a la población. Enfrentarnos a los atacantes con palos y piedras sería un suicidio.

—En ese caso, –intervino su tío dirigiéndose a él–, lo más conveniente sería que huyeras de aquí escapando en mi *batelli* antes de su llegada.

Pero el *katheeb* se opuso enseguida a aquel plan.

— Si huis de la isla nos amenazaran para que les revelemos vuestro rumbo. Si no logran encontraros creerán que les hemos mentido y regresarán para vengarse.

— El jefe tiene razón –afirmó Nassim. La reacción de esa gente puede ser imprevisible. Además, mi hijo Kooya lleva una semana enfermo y está muy débil; no es mi intención dejarlo ahora ni tampoco creo que pudiera resistir un viaje tan incierto. Creo que lo mejor para todos sería entregarme.

Kaawa, sentado en un rincón, observaba callado con sus pequeños ojos chispeantes escuchando atentamente a unos y a otros esperando el momento oportuno para hablar. Cuando todos hubieron expuesto su opinión sin llegar a un acuerdo él se levantó y dijo:

— Existe una solución para este problema empleada hace muchos años atrás por nuestros antepasados en su lucha contra los colonizadores portugueses.

Todos los reunidos se miraron incrédulos a la vez que esperanzados. ¿A qué se refería? El hombre sabio retomó la palabra.

—Podríamos mover y cambiar de sitio las estacas que indican la entrada a la laguna. La noche será cerrada y no advertirán el cambio. En cuanto intenten acceder por el lugar erróneo su embarcación se precipitará contra la barrera de coral y se hundirá. En esas condiciones nos será muy fácil poder atraparlos sin peligro.

Arthur que había estado siguiendo con atención las opiniones expuestas respiró aliviado. Kaawa conocía por viejo, ingeniosas soluciones. ¡Era una estupenda idea!

—El ardid puede funcionar si estamos preparados. La rapidez y la sorpresa serán determinantes –advirtió animado el *katheeb* al ver la aceptación general de la propuesta.

—Necesitaremos la ayuda de todos para llevarlo a cabo. ¡Pongámonos en marcha! –exclamó Moosa arengando al Consejo.

Tras ultimar los detalles de la estratagema no disponían de mucho tiempo, así que esa misma tarde los hombres ayudaron a remover las señales. Luego ataron entre ellas un sedal sobre el agua del que colgaban unas campanillas y por último, los nativos se repartieron en varias canoas ligeras escondidas entre la maleza cerca de la orilla esperando a que anocheciera.

El patrón de Tiludammati ajeno por completo al hecho de haber sido descubierto detuvo la embarcación al caer el sol. De acuerdo con el plan de los conjurados esperarían en alta mar la llegada de la medianoche para aproximarse a la isla sin ser vistos y, amparándose en la oscuridad se desplazarían con sigilo hasta la casa para llevarse a su víctima. Si se produjera algún incidente emplearían las armas. Cuando llegó la hora señalada se dirigieron confiados hacia el *kandhu*. Todo parecía ir bien para las intenciones de los asaltantes hasta que la quilla del barco arrastró el sedal y las campanillas empezaron a sonar. Esa era la señal de alerta que aguardaban los defensores para indicarles que el enemigo había caído en la trampa y de inmediato las canoas al acecho se lanzaran al agua. Ahumad no atinó a imaginar lo que estaba sucediendo hasta que la embarcación chocó con violencia contra los arrecifes abriendo una gran boquete en el casco del barco. Del impacto algunos hombres cayeron al mar y el resto no tardó en arrojarse también, al ver que el *batelli* se hundía . Abdhulá y Arthur atentos a la situación, encendieron entonces los hatillos de ramas secas que habían estado preparando durante la tarde y los repartieron entre las mujeres para que estas, produciendo toda clase de ruidos desde la orilla, pareciesen seres fantasmagóricos salidos de la nada. Aquella algarabía espectral sirvió para atraer la atención de los asaltantes que atemorizados no se percataron de la aproximación de las canoas hasta que estuvieron totalmente rodeados. En el agua, aturdidos, desorganizados, con un revólver mojado y un fusil sin balas, no tuvieron más remedio que entregarse al caer sobre ellos un sin fin de redes de pesca. El patrón conjurado intentó huir, pero enredado en ellas finalmente no lo consiguió y, apresado junto con sus hombres fue llevado en presencia del *katheeb*.

Ante la evidencia de los hechos y para evitar males mayores, este no tardó en asumir su complicidad en la conspiración ni en señalar durante el interrogatorio al antiguo jefe de la policía de Malé, cómo el principal instigador de aquel intento que pretendía asesinar a Nassim para desestabilizar al nuevo gobierno y devolver así el poder al sultán.

Su completa confesión tranquilizó a Kandhumoos, pues ahora sabía con seguridad que aquella operación había sido organizada tan solo por los seguidores nostálgicos del viejo régimen. Tras escuchar todas las explicaciones, se sintió algo más seguro en la isla aunque sabía que si denunciaba las intrigas de Sayyidmeiná, difícilmente podría esperar un mejor trato en su confinamiento del que ya tenía.

Lilaa, muy inquieta durante el asalto, se alegró de poder despejar sus dudas sobre la invitación para bailar en Malé, al constatar que esta había sido propuesta por el presidente Nassir sin otra intención por su parte. También se alegró el viajero al ver recuperada la calma perdida y ahora, libre de preocupaciones, se preguntaba cuál sería su papel en esta historia en la que de forma caprichosa unos y otros se enlazaban en un todo al igual que islas de un mismo atolón. ¿Se encontraba allí simplemente por un accidente del azar?

Fuera lo que fuese, lo cierto es que la respuesta que en otro momento le hubiera obsesionado ya no le preocupaba tanto. ¡Qué lejos quedaba Glastonbury y su atávica ansiedad colectiva por buscar significados ocultos en cualquier cosa! Bien pensado se encontraba en una isla perdida desaparecida en los mapas, lejos del mundo que había conocido hasta entonces y en unas circunstancias impensables. Eso era lo único cierto y por tanto, dejados atrás aquellos sobresaltos, solo deseaba poder disfrutar de la alegría de Nasim Kandhumoos tras el reencuentro con su hija; de la satisfacción de Moosa por haber salvado a su sobrino, de la incipiente amistad con Abdhulá nacida en la soledad del mar y del sosegado quehacer de los nativos en Kudhafaree. Pero sobre todo, quería disfrutar de la presencia cercana de Lilaa en aquel idílico lugar, sentir azorado su deseo al acercarse a ella y recordar con cada nuevo amanecer el turbador séptimo día prometido. Ese era el futuro inmediato que contemplaba.

Pasada ya la agitación vivida en aquellas últimas horas todo hacía presagiar, al fin, un tiempo de reposo y tranquilidad en esa pequeña isla. Sin embargo, tampoco fue así. El destino retenido durante años a la espera de su revelación parecía ahora desatado queriendo recuperar el tiempo perdido precipitando una sucesión de hechos imprevisibles. A la mañana siguiente, Kooya empeoró despertando con fiebre alta y escalofríos.

Su padre temió que aquellos síntomas no fueran sino el anuncio de haber enfermado de fiebres palúdicas. Él mismo las había contraído en la infecta prisión del sultán y a punto estuvo de morir. En aquella ocasión, el deseo de volver a ver a su familia había sido tan poderoso que de forma milagrosa le salvó la vida. Ahora, a pesar de las plegarias, infusiones con hierbas locales y otros cuidados del sabio Kaawa, su hijo no mejoraba. Ni siquiera

195

el sacrificio de un gallo ofrecido a la sangrienta *Ranna Mari*, –una entidad divina en la tradición *divehi* asociada a las dolencias y a las desgracias– había surtido efecto. Angustiado, por la situación decidió pedir a Arthur su parecer.

— ¿Y si no estuviera enfermo por esa causa? –insinuó este nada más observar los ojos hundidos, la boca seca y la lengua pegajosa del pequeño en su lecho.

Durante su largo período de viaje por Oriente había visto muchos casos de intoxicaciones y apreció en la debilidad del niño, un síntoma de deshidratación grave producido por los continuos episodios diarreicos que padecía.

—Podría simplemente haber comido alguna baya del jardín o bebido agua en mal estado –aventuró.

Kaawa, que se encontraba presente en la casa, no pudo disimular su desagrado por aquella injerencia amenazadora para su posición de chamán y le mostró una mirada desafiante. El viajero comprendió enseguida y sin esperar respuesta se retiró de la habitación.

—Ven, acompáñame hasta donde tengo mi mochila –dijo a Lilaa al salir.

—¿ Qué ocurre, por qué esas prisas?

—Creo que puedo ayudar a curar a tu hermano, pero debo intentarlo sin que Kawa se sienta ofendido.

—Tienes razón. Su conocimiento no debe ser puesto en entredicho. La población confía en él y es mejor que así sea.

— Por eso necesito tu ayuda.

Abrió su botiquín y le dio dos píldoras diferentes, avisándola:

—Tienes que entregárselas al hombre sabio sin que nadie te vea. Es muy importante que así lo hagas –le recalcó-. Dile que servirán para curar a tu hermano. También le das estas sales minerales para mezclar en el agua que vaya a beber. Si se trata de una intoxicación, mañana debería estar mejor.

Agradecido el viejo curandero con la discreción que había actuado el extranjero hizo que el niño se tomara aquella medicina. La espera esa noche fue tensa, pero al día siguiente Kooya amaneció sin fiebre y con ganas de levantarse. Cuando Arthur preocupado por el estado del enfermo regresó a la casa se encontró la choza llena de gente dando las gracias al chamán por haber logrado curar al pequeño, mientras gritaban jubilosos ¡*Fandhita*! ¡*Fandhita*!

Al ver al pequeño recuperado se congratuló que las medicinas hubieran surtido efecto y al escuchar con insistencia aquella palabra una y otra vez en boca de los nativos, se quedó pensativo intentando recordar dónde la había escuchado previamente. Instantes después se sintió desconcertado por completo. Unos años antes en Liverpool, una enigmática mujer le había regalado el mapa de la India con el que viajaba, diciéndole: "Avísame el día que encuentres lo que buscas, quizá para entonces ya sabrás lo que es la magia *fandhita*".

Estaba lívido por la sorpresa. Había cruzado medio mundo

hasta una isla perdida a través de unas circunstancias nada corrientes para de repente encontrarse con esa misteriosa palabra ¡Era inconcebible!

Lilaa que andaba ya enterada de las buenas noticias entró en aquel momento y al verlo con ese aspecto, se preguntó si no era él ahora el enfermo.

— ¿Qué te pasa? Parece que hayas visto a un fantasma.

Descompuesto, intentando ordenar sus recuerdos, preguntó con ansiedad.

— ¿Cuál es el significado de esa palabra que todos nombran?

Sin entender muy bien el verdadero motivo de aquél inusitado interés la muchacha le explicó:

— *Fandhita*, en *divehi*, es el nombre que damos a la magia local y a todos aquellos que la practican.

— ¿Qué más sabes de ella? –dijo precisando averiguar.

— Se trata de una magia muy antigua anterior a la llegada del Islam a las Maldivas. Tiene su origen en el budismo tántrico. Con el paso de los siglos su conocimiento y rituales se han ido mezclando con invocaciones coránicas. Representa para todos nosotros el lejano latido de la cultura maldiva.

El viajero quedó maravillado al descubrir su significado justamente en aquellos momentos, ahí, en su entorno original.

— El abuelo de mi padre –siguió explicando al verlo tan interesado– era precisamente un sabio *fandhita* en la isla de Fua Mulaku. Su hija Aila, mi abuela, también lo fue. Aunque por el hecho de ser mujer nadie se atrevía a decirlo.

Al escuchar ese nombre Arthur se la quedó mirando de nuevo atónito, paralizado, sin poder reaccionar…

— ¿Cómo has dicho que se llamaba tu abuela? –atinó a preguntar al fin, sin salir de su asombro.

— Se llamaba Aila.

Nassim Kandhumoos que hasta ese momento había estado escuchando la conversación, se acercó ante la confusión que parecía estar viviendo el joven inglés.

— Si, así es. Ése era el nombre de mi madre –intervino–. Una mujer extraordinaria que enamorada de mi padre, un capitán galés destinado en la isla de Gan, un día se marchó tras él con un pequeño *dhony* hasta Inglaterra... Una locura de amor que le costó la vida.

Ahora la sorpresa ya no le cabía en sí. Recordaba perfectamente ese nombre. "No podía ser cierto" –pensó–, era demasiada coincidencia que aquella mujer pudiera ser… Además, acababan de decirle... ¿Pero y si no fuera así? ...

— ¿Cuál era el nombre de ese capitán? –preguntó en un último intento de poder apartar sus conjeturas.

— Aberconwy –contestaron –. Capitán Aberconwy.

Estupefacto, entonces lo supo. Era inconcebible. El mundo se le vino encima al sentir como un círculo misterioso se cerraba a través del tiempo y la distancia sobre él. Miró a Lilaa, miró a Nassim; eran reales. Se estremeció al pensar en su viaje y en todo lo que había sucedido hasta llegar a este momento. Se sintió pequeño, insignificante.

Padre e hija observaban su semblante desencajado.

— ¿Qué ocurre?

Preso por la emoción buscó en su bolsa y sacó de ella el viejo mapa de la India.

— Se hace muy difícil pensar que pueda ser cierto lo que voy a contaros. Creo haber descubierto algo importante, inaudito que os incumbe.

Todavía sin poder dar crédito Arthur extendió el plano sobre una mesa y reclamó la atención de todos.

— ¡Mirad! Aquí está el nombre y la dirección de la persona que me entregó este mapa hace ya unos años, antes de partir de viaje –dijo mostrándoles una pequeña anotación escrita en una de sus esquinas.

En ella se podía leer con claridad:

Aila Aberconwy 32 Penny Lane, Allerton. Liverpool.

Se quedaron todos mudos, mirándose pasmados los unos a los otros. Fue Nassim el primero en poder reaccionar tras aquella monumental sorpresa.

— ¡Lo consiguió, mi madre lo consiguió! –gritó de alegría–. ¡Llegó a Inglaterra! –exclamó eufórico fuera de sí–. No solo encontró al capitán sino que además se casó con él. ¡Es increíble!

Lilaa no sabía que decir. Ahora ya no le quedaba la menor duda de que el rostro de la mujer aparecida durante su visión en el muelle era el de su abuela. Se estremeció al pensar que la muy maga, había sido capaz de presagiar este encuentro y también quién había escogido a Arthur para llegar hasta aquí. Ahora comenzaba a entender que toda su atracción por él era algo más, mucho más.

Mientras se congratulaban por la buena nueva, el viajero que tan solo ayer se preguntaba por la razón de su presencia en Kudhafaree se sintió inmerso tambien él en aquella asombrosa historia. Ya era una isla más de aquel atolón imaginado. Cuando por fin consiguió devolver poco a poco la calma a sus emociones, vislumbró que las circunstancias recién reveladas abrían una esperanza real para poder conseguir la liberación del padre de Lilaa.

— ¡Este hecho cambia muchas cosas! –dijo entonces en voz alta mientras se encontraban todavía alborozados.

Callaron todos como si de repente, a partir de aquel hallazgo protagonizado cualquier cosa que dijese ahora fuera realmente importante.

—He estado pensando que si el capitán Aberconwy del que habláis reconociera a Nassim como hijo suyo, podría adquirir la nacionalidad británica y en tal caso, –reseño con énfasis– el gobierno maldivo estaría forzado a terminar con su exilio.

— ¡Es una excelente idea! ¡El inglés tiene razón! –exclamaron entusiasmados mientras se abrazaban los unos a los otros.

Lilaa miró a Arthur con orgullo. Nassim, que acababa de

comprender el porqué de la extraña premonición de su hija en el muelle y la acertada decisión de traer a aquel joven extranjero, la miró a ella de la misma manera e intervino exultante:

— Estoy de acuerdo. Escribiré a mi madre para contarle la situación en la que me encuentro y le pediré que interceda ante el capitán.

— Y yo regresaré a Malé, –dijo Arthur convencido ya de su papel– y entregaré la carta al Mayor Phillips para que pueda ser enviada de forma segura y urgente desde la Oficina del Enclave a Inglaterra.

Nassim Kandhumoos le agradeció aquel gesto. Ahora estaba seguro de que todo iba a cambiar. Saldría de aquella isla, iría a la India para recuperar el amor de su esposa Chandra y juntos viajarían hasta Liverpool. Volvería a ser un hombre libre.

QUINTA PARTE

OCÉANOS ENCONTRADOS

*Donde la razón no llega a alcanzar
lo consigue muchas veces
una feliz inclinación.*

Goethe.

Capítulo XV

AILA

Durante años el capitán Aberconwy estuvo repitiendo a su amante nativa que jamás la abandonaría. Sin embargo, la traicionó. Había aprovechado que ella se encontraba en Fua Mulaku para regresar a Inglaterra. Nunca Aila hubiera imaginado que aquel oficial tan atento hasta ese momento, pudiera haberse vuelto tan insensible al amor y al hijo que compartían. No entendía como había sido capaz de una acción semejante. Desconsolada, rota por el despecho y el abandono estuvo casi a punto de perder la cordura. Pero Aila Keulubé era una mujer maldiva y a sus treinta años no estaba dispuesta a que un hombre se saliera con la suya, no al menos sin antes pedirle explicaciones por su comportamiento.

Hacía tiempo, justo al comienzo de su relación amorosa, tuvo una de esas peculiares visiones personales en la que se veía envejeciendo junto al capitán. Así qué no lo dudó y tomó una decisión. Si él había partido a Inglaterra, ella también iría.

Al embarcar una mañana de 1938 en su pequeño *dhony* de pesca rumbo a las costas inglesas no lo hizo inconscientemente. Tenía una idea. Primero dibujó en la arena un círculo de protección alrededor de su barco y luego salió del atolón con provisiones suficientes para aguardar mucho más allá de las barreras de coral, en el canal navegable que comunica el Océano Índico, el paso de algún navío procedente de la India con rumbo a Europa.

Su arriesgado plan estuvo a punto de fracasar al no contar con la posibilidad de sufrir un percance durante la espera. Llevaba ya diez días en alta mar, cuando se declaró un incendio a bordo por culpa del hornillo de petróleo que empleaba para cocinar. La vela que en ese momento estaba arriada en cubierta ardió y ella se asustó al ver como el fuego prendía en el mástil. Justo cuando creía que iba a perder la vida, el humo provocado alertó del peligro a un buque que de la nada apareció por el horizonte, consiguiendo así, en el último instante su objetivo: subir a él para continuar el viaje. Aila jamás pensó que ese rescate in extremis había sido un golpe de suerte sino que lo atribuyó, cómo no, al ritual mágico que había estado celebrando en su embarcación antes de partir.

Una vez a bordo, gracias al poco inglés que había aprendido durante sus años de amor, supo que llegar a las costas británicas no iba a ser tan fácil como creía. La distancia era enorme, mucho mayor de lo pensado y además descubrió algo que desconocía por completo; no todos los barcos que pasaban por aquellas aguas se dirigían hacia Inglaterra. Aquel en concreto se dirigía al Canal de Suez y, por consiguiente, alcanzar las costas inglesas iba a ser muy complicado. La segunda reflexión tras ser rescatada fue que no tenía ni idea de cómo haría para continuar su viaje. Precisaría de años y quién sabe si algún día podría regresar a las islas Maldivas. Solo entonces se preguntó desde que saliera de Feydhoo, qué sería de su hijo del que se despidió diciendo: "No te preocupes vuelvo pronto. Voy a buscar a tu padre".

Tras pasar la revisión médica le propusieron pagar su pasaje trabajando de camarera en el comedor del navío. Aceptó de inmediato, no tenía otra opción. Allí tuvo la oportunidad de conocer a una familia inglesa, los Anland, que viajaban en aquel buque para instalarse en el Canal mientras durasen los trabajos de mantenimiento encargados al cabeza de familia en ese estrecho artificial abierto en 1869 entre el mar Rojo y el mar Mediterráneo. Su esposa, también británica aunque nacida en la India, era una mujer de costumbres acomodadas y aquel dichoso viaje que se había visto obligada a emprender hacia el norte de África le estaba resultando un fastidio a causa de las estrecheces del camarote y el trajín incesante de su revoltosa hija. La niña de nombre Mo, tenía nueve años y pronto se encaprichó de aquella nativa maldiva siempre atenta a distraerla con algún juego. Al darse cuenta la madre de aquella buena relación entre ambas no tardó en proponerle trabajar de niñera en cuanto llegaran a puerto. No era la intención de Aila detenerse, ni mucho menos, pero al encontrarse a mitad del camino y sin dinero, no tuvo más remedio, al finalizar el viaje, que aceptar mientras se consolaba con la posibilidad de poder comprar algún día su billete hacia Inglaterra.

Al llegar se topó con una tierra que parecía no tener fin. Acostumbrada a las pequeñas dimensiones de las islas Maldivas se amedrantó ante aquella inmensidad que se extendía ante sus ojos. El mundo se le revelaba ahora mucho más grande y distinto al imaginado.El horizonte que siempre creyó azul, vibrante y protector, de repente dejó de serlo para convertirse en ocre, polvoriento e inhóspito. Se sintió muy sola, desorientada. El Canal de Suez le pareció un lugar tremendamente árido, repleto de gentes extrañas que desarrollaban una bulliciosa actividad comercial con un impetuoso trajín muy diferente al sosegado quehacer del archipiélago. Desolada por ello, agradeció haber aceptado la oferta de trabajo y se preguntó si podría resistir mucho tiempo en aquel paraje. No obstante la cercana ciudad de Port Said, donde la familia Anland se trasladó a vivir, con sus balcones, bonitas fachadas y grandes edificios construidos durante el período de dominio inglés le pareció fascinante. Una de las primeras cosas que se propuso fue escribir una carta explicando la situación a su hijo Nassim. Como nunca antes había enviado ninguna, lo hizo a través de un escribiente que ofrecía dichos servicios junto al edificio de correos, sin saber que su avaricia le hacía revender el mismo sello una y otra vez para todas las cartas que le confiaban, no llegando por tanto ninguna a otro destino que no fuera la papelera.

Poco a poco Aila fue adaptándose y durante los siguientes cuatro inviernos logró con mucho esfuerzo reunir el dinero suficiente para continuar su viaje. Cuando ya se disponía a partir el comienzo de la II Guerra Mundial se lo impidió y para cuando esta finalizó, ya no le quedaban esos ahorros que había gastado en paliar el encarecimiento de la vida durante esos años. Por fortuna para ella la relación con la familia inglesa era muy buena, en especial con la hija, convertida por aquel entonces en una guapa adolescente. La necesidad y esa complicidad entre ambas la retuvo todavía un tiempo más, en el transcurso del cuale, Mo se casó y tuvo un hijo. Creyó entonces haber llegado el momento de partir, pero la muerte fortuita durante una revuelta local del que fuera marido de su joven amiga volvió a truncar sus planes. Empezaba ya a pensar en una maldición que le impedía abandonar Port Said cuando los Andland para olvidar el trágico suceso, decidieron trasladarse a Liverpool y proponerle que se fuera con ellos como ama de llaves. De esa manera, catorce años después de su partida del archipiélago, Aila llegó a Inglaterra.

La familia se instaló en una bonita casa del agradable barrio de Allerton y desde el primer momento, Mo, se ofreció para ayudarle a encontrar al oficial. Aquella historia de amor y abandono que había escuchado en muchas ocasiones en boca de su amiga maldiva siempre le había parecido fascinante y ahora que había perdido a su esposo, comprendía más que nunca la esperanza que albergaba. De todos modos no estaba muy segura de que esa obstinada búsqueda fuera a acabar bien para Aila, pues temía que en el caso de encontrar al capitán pudiera verse rechazada. El apellido Aberconwy sugería el origen de su procedencia, el distrito de Gwyneed en el noroeste de Wales. Una región extensa con muchas pequeñas poblaciones. Y le advirtió: "No será fácil hallarlo, sobre todo ahora que muchos archivos de la administración se perdieron durante la guerra".

Aila inició paciente sus pesquisas, pero no halló a nadie que hubiera oído hablar de aquel oficial por esos lares. Parecía como si se lo hubiera tragado la tierra. ¿Y si hubiera muerto en el conflicto bélico? A pesar de todo, no se dio por vencida. Sabía que más tarde o más temprano hallaría al padre de su hijo aunque para ello, no solo necesitó de mucha perseverancia sino también de la inestimable ayuda de una de sus peculiares premoniciones en donde aparecía nítidamente un cauce fluvial cercano a una playa.

Resuelta a encontrar ese lugar se desplazó siguiendo la línea de costa población tras población, hasta que un día, siete años después de su llegada a Inglaterra, en la localidad galesa de Abergele, se topó junto al rio que cruza la población con un marinero que llevaba una roída casaca militar del mismo color y hechura que solía vestir su capitán. El corazón le dio un vuelco y esperanzada, le preguntó por ella. Con extrañeza este le explicó que aquella vieja chaqueta se la había regalado un vecino suyo que vivía en la cercana playa de Pernam. ¡Podría tratarse de él! Pidió entonces al hombre que le indicara cómo llegar hasta ahí y cuando este lo hizo, comenzó a preguntarse si aquel deseado encuentro tenía todavía alguna razón de ser ahora que, el tiempo y las vicisitudes transcurridas habían templado su enfado por aquel humillante abandono. Para salir de dudas resolvió averiguarlo y dirigirse hasta ese lugar.

No le costó encontrar la casa. Era tal cual se la habían descrito: estilo victoriano, de madera pintada azul gris, cerca de la playa y con un jardín que empezaba justo al acabar la arena. Se aproximó a ella mientras iba recordando todo su periplo vivido para llegar hasta ese momento de incertidumbre próxima a desvelarse. Abrió la cerca sin prisas y al llegar frente al portal, vio colgada una mandíbula de tiburón igual a aquella otra vista cientos de veces en la entrada del despacho de su amante. Ya no le cupo la menor duda, en esa casa vivía él.

El capitán William Aberconwy había llegado a Inglaterra procedente de la base de Gan para ser destinado como asesor militar en la Oficina de las Colonias Británicas. No estuvo ahí por mucho tiempo ya que la guerra europea le llevó a luchar en el frente donde perdió las dos piernas por culpa de la explosión de una mina. Desde aquel desgraciado suceso vivía solo, retirado en Pernam, en una casa junto a la playa para poder estar cerca del mar y recordar así los nostálgicos años de juventud, –los mejores de su vida solía decir– de amor, felicidad y aventura en las islas Maldivas. ¡Cuántas veces se había arrepentido del día en que movido por su ambición militar decidió abandonara aquel maravilloso edén!

No es de extrañar pues, que cuando en su silla de ruedas abrió la puerta y se encontró de pronto con la milagrosa presencia de Aila, se quedara sin palabras, escondiera su rostro avergonzado entre sus manos y compungido rompiera en sollozos implorando sin cesar el perdón. Tampoco esperaba ella encontrar a su gallardo amante en esa situación ni tampoco aquel inmediato reconocimiento de culpa. Al verlo anímicamente roto, inválido y necesitado de ayuda, se maldijo a si misma por no haber sabido mantener la boca cerrada aquel día en la playa de Feydhoo, cuando enojada dio rienda suelta a una ristra de maldiciones. Así que para no agravar más las circunstancias, contuvo los reproches que tantas veces había imaginado y se limitó a estrecharlo entre sus brazos intentando calmar su desconsuelo. Aquel maldito capitán antaño arrogante, aquel truhan, seguía a pesar de todo siendo el amor de su vida.

Se quedó en la casa durante un tiempo, al fin y al cabo tenían muchas cosas que contarse, y hasta escribieron juntos una carta dirigida a su hijo común que fue enviada a la base británica de Gan para asegurar su llegada. Pero tampoco en esa ocasión el destino quiso ayudarles. Recibida por el oficial al mando de la base en aquellos años, el Mayor Philips, al ver que iba dirigida a

Nassim Kandhumoos mandó la carta a la dirección de su esposa en la India, quien a su vez, creyéndose viuda, la reenvió sin abrir al desconocido remitente de Inglaterra tras notificar en la misma el fallecimiento de su esposo.

Cuando meses más tarde llegó la carta de vuelta a Inglaterra ambos lloraron la pérdida del hijo y en dolor y la tristeza se sintieron más unidos que nunca. El capitán le pidió entonces casarse y ella, ya sin motivo para regresar a las Maldivas, aceptó. Para olvidar las penas decidieron iniciar una nueva vida lejos de allí y por iniciativa de Aila se marcharon a vivir a la efervescente ciudad de Liverpool, justo en el mismo barrio donde lo hacía la familia Anland. Fue todo un acierto; su estado de ánimo mejoró mucho gracias al buen hacer de su amiga Mo, con la que a menudo solía pasear por las tardes para conocer los lugares de moda que proliferaban en la ciudad durante aquellos años sesenta. Una tarde, al regresar de una de esas salidas, llegó a casa con el brío recobrado. Había dejado atrás de forma incomprensible su tristeza y pese a la evidencia del cambio experimentado, no quiso dar ninguna explicación a su marido. La razón de aquel misterioso silencio tardaría todavía unos años en desvelarse. Lo hizo de pronto al presentarse un día en la casa donde vivían, en el número 32 de Penny Lane, un agente postal de la Oficina de las Colonias para entregar una carta vía aérea con un sello muy, muy especial… "El de una barca cerca de una playa junto a una palmera".

Al observarlo, Aila se sobresaltó. Esa era exactamente la imagen que se había estado repitiendo en sus visiones desde que años atrás conociera por casualidad a un joven librero en un famoso garito musical de la ciudad. Abrió la carta y al leerla, supo enseguida que la premonición que tuvo durante aquel encuentro, y de la que jamás había querido hablar, por fin se había cumplido.

¡Era de su hijo!

Al finalizar la lectura supo de su apasionante vida, de la difícil situación en la que ahora se encontraba y también que tenía una nieta llamada Lilaa… Y volvió a saber de Arthur que llegó en su viaje hasta donde ella auguraba para encontrar su horizonte dormido y descubrir con él, la fuerza de la magia *fandhita*.

Al igual que en el sello de la carta recibida, la barca del destino venida del horizonte llegaba por fin a la playa. No eran necesarios más presagios para saber que un ansiado reencuentro iba a producirse pronto. Nassim necesitaba ayuda.

Capítulo XVI

EL SÉPTIMO DÍA

En aquella calurosa noche sin luna, bajo la bóveda arbórea que cubría el poblado reinaba una oscuridad impresionante. Arthur apenas si distinguía la cerca situada tan solo unos metros más allá. El silencio era su única compañía y todos en la isla parecían dormir plácidamente tras los últimos sucesos en Kudhafaree.

La cita en aquella hora tardía le hacía presagiar que Lilaa buscaba asegurarse una completa intimidad. Hasta ese momento su relación había estado expuesta a la mirada curiosa de la gente y por ese motivo, ella había preferido preservarla en los límites de las miradas cruzadas y los deseos contenidos. Él, conforme con esa prudencia, se había prestado a ese juego esperando con paciencia la llegada de aquel séptimo día prometido que ahora se cumplía.

Estaba tranquilo. No temía nada, no esperaba nada, tampoco tenía dudas. Confiaba en los hados que le habían guiado desde el inicio del viaje hasta este instante, en que descalzo y con un pareo tan sólo anudado a la cintura aguardaba en una isla maldiva. Escuchó unos pasos acercarse. Se inquietó levemente al no ver a nadie y recordar las historias locales de *handis* pululando en la oscuridad hasta que detrás de él, muy, muy cerca alguien le susurró:

— Soy yo…no te gires.

Reconoció de inmediato la voz y se estremeció al sentir el ligero roce de unos senos en la espalda. Sus temores desaparecieron por completo.

— Voy a vendarte los ojos, no te preocupes, confía en mí. Tóma mi mano y sígueme.

Pensando que el encuentro comenzaba de manera muy sugerente, aceptó curioso la proposición y se dejó llevar. Ese tipo de juegos siempre eran preludio de situaciones atrayentes. Sus primeros pasos a ciegas le hicieron sentir torpe, pero al sentirse guiado con seguridad, poco a poco se fue confiando hasta disfrutar de sensaciones al principio inapreciables. Ella olía a jazmín y su perfume en movimiento le sugirió que quizá no llevaba el pelo recogido. El débil tintineo que escuchaba en su andar lo asoció a unas pulseras que probablemente debía llevar alrededor de sus tobillos y, al sentir caer un finísimo tul sobre el brazo su imaginación se desató presumiendo que tan solo se cubría con él. Lilaa le apretó la mano con complicidad invitándole a sentirse unidos.

Siguieron caminando sin hablarse en dirección desconocida hasta que una brisa cada vez más fresca le dio a entender que se alejaban del poblado. ¿Adónde lo llevaría?, poco después sus pies desnudos reconocieron el sendero arenoso que llevaba a la playa. El rumor del mar se escuchaba no muy lejos. Era una noche de extrema calma.

Mientras caminaban en silencio por la orilla, ella jugaba a soltar su mano y a volverla a tomar. Parecía feliz con esas travesuras que mantenían en vilo a Arthur. Hasta que se detuvo y le pidió que se sentara. Luego escuchó como removía la arena a su alrededor. ¿Qué estaría haciendo? Percibió la luz de un candil y notó como sus brazos le rodeaban el rostro para soltar el pañuelo que le tapaba los ojos. Al abrirlos se encontró de espaldas al mar sentado en el centro de un triángulo inscrito en un círculo dibujado en la arena. ¿Qué significado tendría? Lilaa le observaba con calma con el rostro iluminado al otro lado de la llama. Se serenó al verla. Era muy hermosa y al contemplarla, se dio cuenta de que el tul la cubría de manera tan sugestiva como había imaginado. Ella notó la mirada deleitándose en su cuerpo aunque lejos de mostrarse incomoda sonrió mientras buscaba un hatillo dejado previamente bajo una planta. Lo abrió y de él sacó varios cuencos anunciándole:

—Si mi abuela Aila te eligió a ti como su mensajero, yo también lo haré. Esta noche será la noche de tu iniciación.

Arthur se quedó sin saber que decir ante esa propuesta cuyo

sentido desconocía y en lugar de preguntar prefirió dejarse llevar por Lilaa que parecía tener muy claro lo que quería. A continuación, ella tomó uno de los cuencos con cuidado y se lo ofreció. Contenía una infusión verde oscura. Él, lo miró receloso; no había olvidado todavía el brebaje nativo fermentado ni sus consecuencias.

— No temas, lo he elaborado yo misma. Se trata de un elixir sagrado. Te ayudará a ir más allá de tu conciencia –le explicó después de beber primero.

Arthur no estaba seguro de si quería ir tan lejos, pero desde luego sí quería saber lo que ocurriría a continuación. Bebió también. Lilaa esperó unos minutos. Después tomó el segundo cuenco que contenía pasta de cacahuete y untando sus dedos, los acercó con suavidad a los labios del viajero para que este los lamiera mientras la manteca se derretía en su boca. El viajero sintió cómo se le nublaba la razón al sentir aquellos gráciles dedos jugando con su lengua. Ella le invitó a imitarla. Arthur en esta ocasión no se hizo de rogar, la sensación era muy, muy sensual y el placer intenso. Repitieron esa comunión varias veces, tantas, que Arthur estaba anhelando poder abrazarla. Lilaa lo notó y le pidió que no lo hiciera todavía, que aguardara mientras le prendía una pequeña media luna hecha de carey en el cabello. Luego tomó el último de los cuencos que había traído y tras mojar la yema del pulgar en un ungüento amarillento elaborado a base cúrcuma, le trazó en su frente tres rayas horizontales al tiempo que le explicaba:

—Representan a Shiva mi esposo celestial y su poder para abrir el camino de tu mente. Hoy volverás a nacer.

Embelesado por aquel ritual el viajero no entendía nada de lo que ocurría. Tampoco le importaba. Gozaba como nunca lo había hecho con la íntima proximidad de la muchacha, pero deseaba más. Ella no cedió y siguió con su lenta aproximación como si estuviera llevando a cabo con paciencia un antiguo ceremonial. Ante los anhelos mostrados se limitó a extender sus brazos para descansar sus manos sobre el pecho del joven. Después le pidió que él hiciera lo mismo. Arthur posó las suyas sobre los turgentes senos y, al hacerlo, tembló no solo por la voluptuosidad de aquel instante, sino también por un calor extraordinario inundándole de repente. Envuelto en él no pudo razonar más. Un extraño bucle de energía parecía fluir sin cesar entre ambos arrastrándolos hacia el total abandono. Sumidos uno en el otro pasaron un tiempo intenso, inmensurable, en el que él creyó haber dejado este mundo hasta que Lilaa le devolvió a la realidad al susurrarle:

— ¿Recuerdas ese destello que me contaste habías sentido subir por tu espalda al verme bailar?

— Cómo voy a olvidarlo. Desde ese momento no he dejado de pensar en ti –respondió escuchando cómo sus palabras resonaban tan lejanas que incluso dudó en haberlas pronunciado.

— Esa sensación que tuviste aquel día fue el despertar de la energía primordial en ti –le confió–. Se trata de una antigua experiencia de unión del cuerpo y la mente con lo Absoluto. Poca gente logra experimentarla. Tú, en cambio, lo conseguiste a través de mi danza con solo verme bailar.

— ¿Y qué significado tiene para nosotros dos? –preguntó maravillado sin entender su trascendencia.

— Muy pronto lo sabrás…De la unión de la conciencia y la energía proviene el poder de mi cónyuge celestial. Como esposa de él que soy, ansío ese encuentro y a su búsqueda me entrego. Has suscitado mi deseo.

El viajero al escuchar esa respuesta quedó tan esperanzado como obnubilado por aquella explicación que iba más allá de su entendimiento. A pesar de ello, atinó todavía a contestar:

— En el lugar donde yo nací existe una leyenda que empuja a los lugareños también hacia la búsqueda. En nuestro caso de un cáliz divino al que llamamos Grial.

— No hay casualidades sino causalidades. Esta noche yo seré para ti la copa donde puedas derramarte, tu diosa en este mundo y tú serás mi amante terrenal.

Turbado por esas palabras se vio a sí mismo cual caballero Percival a punto de encontrar la sagrada reliquia. No obstante, no tuvo tiempo para seguir fantaseando, pues acto seguido Lilaa le desanudó el pareo y él ya solo tuvo atención para aquel gesto que tanto prometía. Luego ella se levantó y se colocó a su espalda desapareciendo de su vista al tiempo que le decía "Cuando oigas que ha finalizado mi rezo, date la vuelta hacia el mar".

Desconcertado por aquel inesperado cambio de situación, aguardó impaciente mientras escuchaba como su oración se iba apagando al alejarse. Cuando de nuevo se hizo el silencio se giró tal y como le había pedido... y lo que vio entonces le dejó totalmente anonadado.

Una oscuridad infinita plagada de estrellas bajaba desde la bóveda celeste sin permitirle distinguir entre el mar y el firmamento. Los astros estaban en lo alto –observó–, pero también estaban ahí abajo, rutilantes sobre las aguas a pocos metros de sus pies. Miles de puntos de luz de similar tamaño y un color ligeramente azulado brillaban flotando por todos lados alrededor de él. ¡Era increíble! –pensó mientras experimentaba una felicidad enorme–. ¡Debo de estar alucinando! ¡Aquel elixir era excepcional!

Se quedó así extasiado un largo tiempo disfrutando de aquella sensación única que le hacía sentirse en el centro del espacio sideral. Era tan asombrosa, tan insólita, que tardó en darse cuenta de que no se trataba de una ensoñación sino de una excepcional realidad; se encontraba contemplando un fenómeno natural de bioluminiscencia provocado por microorganismos vivos conocido en estas latitudes como *rathan*, "el mar de estrellas". Tan sorprendido estaba por aquel fabuloso espectáculo nocturno anegando su ser que casi se olvida de Lilaa. La buscó a izquierda y derecha en la oscuridad, pero ya no estaba ahí. ¡Había desaparecido! Tan solo halló su tul caído sobre la arena. Sintió un súbito vacío. No podía haberla perdido en aquel momento tan especial, necesitaba compartirlo. Azorado imploró su vuelta y cuando ya había perdido la esperanza, no muy lejos de donde se encontraba, una brillante ninfa celestial surgió del mar y... ¡Oh...era ella! Se había ocultado bajo el agua y emergía bellísima bañada de luz, desnuda, llevando tan sólo unas pulseras de cristal en las muñecas y una cadenilla de plata sobre sus caderas escandalosamente voluptuosas. Paralizado por aquella visión esplendorosa contuvo extasiado la respiración. ¡Aquella venus nativa se aproximaba hacia él! Se sintió aturdido. Cuando por fin llegó a la orilla se detuvo majestuosa, juntó sus manos y saludó al infinito. Luego miró al frente, giró levemente su cintura al tiempo que levantaba su pie izquierdo a media altura y extendiendo ese mismo brazo, dejó caer la mano cerca de la rodilla permaneciendo en equilibrio sobre su otra pierna. Parecía estar en trance. Se mantuvo así, quieta durante unos momentos, convertida en la imagen viva de una deidad. ¡Estaba fascinante! Instantes después, como si estuviera poseída por algún resorte invisible, comenzó a danzar con frenesí y el mar hasta ese momento calmo, brincó relumbrante bajo sus pies iluminando la noche mientras el mundo parecía temblar con sus movimientos transformando toda realidad en una ilusión. Arthur la contemplaba absorto, subyugado por su hechizante baile en aquel entorno sobrenatural, sintiendo cómo se desataban una catarsis de prodigiosas sensaciones que le hacían literalmente bailar en ella y con ella. Perdida la noción del espacio y del tiempo se abandonó a esa sensación hasta notar cómo su falo estaba tan erecto, que se perturbó ante la desatada lujuria que reclamaba.

Lilaa que parecía haber estado esperando aquel instante glorioso, se aproximó a él sin dejar de bailar y, abriendo sensualmente sus caderas, descendió ávida buscando el engaste con el suspirante pene. El ansiado encuentro fue profundo, húmedo, cálido. Ella le rodeó con sus piernas y ciñendole la cintura los dos se estremecieron de placer. Así estuvieron un largo tiempo, estrechamente unidos, acariciándose, besándose, sintiendo acompasados los latidos de sus corazones, el halo de su respiración, el entusiasmo de unos mismos labios y dos lenguas, esperando sin prisas brotara el gozo en aquel círculo mágico dibujado por sus cuerpos entrelazados que sin pausa fluían hacia la fusión de sus almas. Hasta que el viajero, rendida su consciencia, fue dejándose poco a poco convencer y vencer por el suave vaivén iniciado por ella y aquel excitante roce de sus nalgas, para al fin ceder ambos en ardiente pasión cuando acompasaron una cadencia impetuosa, más demandante, finalmente desesperada, que acabó por provocar triunfantes jadeos de rendición anunciando llegar juntos, empapados en sus fluidos amorosos a un intenso éxtasis. ¡Ya no había búsqueda, tan solo hallazgo¡

Luego un sólo silencio, una sola mirada, un solo abrazo y un tiempo interminable de deleite sublime. Entonces, solo entonces en aquel presente sin final, Arthur comprendió que había sido elegido por ella para propiciar la reunión con su esposo celestial y, que a pesar de su entrega en esa maravillosa noche maldiva, la dulce muchacha de la hermosa trenza que conoció en el avión, la divina Lilaa Devi, no le pertenecería nunca. Jamás dejaría de bailar. Ese era su universo. Un mundo mágico de ancestrales tradiciones, místicas creencias sublimadas de sexo y ritos, canalizados a través de la danza. Y ahora que había sido invitado a entrar en él, sentía con certeza que algo recóndito, muy importante, había cambiado en su vida...

¡Una gran decisión le aguardaba!

Capitulo XVII

EL HORIZONTE DESPERTADO

Tras aquella memorable noche en la playa, los dos jóvenes se encontraban recostados sobre la arena contemplando como el horizonte abandonaba su oscura invisibilidad para anunciar el nacimiento del día en las Maldivas. Reinaba una paz silente y tan solo se oía el rumor acompasado de las olas al romper. Él la abrazó. Presentía encontrarse ante un final.

El firmamento fue iluminándose y la cercana salida del astro solar apuntaba allí donde unos rayos dorados pugnaban por surgir del mar y rasgar el cielo. Instantes después un haz de luz se deslizo sobre el mar, raudo, hasta alcanzar sus pies subir por ellos y envolver sus cuerpos. El sol emergía con el mismo singular esplendor contemplado por Arthur desde la ventanilla del avión el día de su llegada al archipiélago. En aquella ocasión su ocaso había simbolizado sin saberlo, el fin de un período donde adolescencia y juventud pugnaban para no desaparecer. Ahora, por el contrario, estaba seguro de que al surgir imponente sobre el filo de las aguas, le anunciaba el nacimiento de otra etapa muy distinta de madurez que llevaba largo tiempo esperando.

Alentado por ese maravilloso momento sintió las fuerzas necesarias para tomar su gran decisión. Miró a Lilaa y le confió:

— Cuando te vi por vez primera fuiste atracción, luego fascinación, ahora eres descubrimiento. No quiero perderte, pero soy muy consciente de que a través de la danza estás comprometida en una vía espiritual más allá de cualquier otro sentimiento. Anoche quisiste compartirla conmigo, un recién llegado a tú mundo. Alguien fascinado por él, pero que de él todo lo desconoce y me sentí feliz. Me permitiste beber de tu copa y ahora ya nada es igual para mí. Siento que debo elegir entre regresar allí donde todo me es conocido o por el contrario, seguir mi viaje hacia ese otro lugar que se aleja hacia lo imprevisible.

Ella le acarició al responder.

— Quiero que sepas que con ningún otro amante me he sentido tan unida a mi divino esposo como contigo y, que solo a Él se lo debo. Ha sido una noche maravillosa y me tranquiliza que sepas entender mi realidad y mi compromiso –y añadió:

—¿Y tu, ya sabes que elegirás?

— Sí, lo sé gracias a ti... Deseo seguir ese viaje.

— ¿Estás seguro de eso?, podrías equivocarte.

—Cuando salí de Inglaterra era una persona descontenta, incapaz de mantener unas relaciones estables sin antes resolver mis propias dudas. No estaba preparado para entregarme y no quería engañar a nadie ni engañarme a mí mismo. En ese sentido el encuentro con tu abuela Aila aquella tarde fue providencial; no sé como lo hizo para leer en mis ojos esa insatisfacción y el horizonte que me aguardaba. Su foma de mirar profunda e intensa me quedó extrañamente grabada, desde entonces, inconscientemente, he estado buscando esa mirada. La reconocí justo en ti, en el avión. Si soy viajero es porque tú existes. No puedo de ningún modo ignorar lo ocurrido.

— Cuando estés de nuevo en tu mundo quizás si puedas.

— Ni lo haré ni quiero que eso ocurra.

— ¿Tienes miedo de no volverme a ver, no es cierto?

Arthur se quedó en silencio asintiendo mientras no podía dejar de reprimir unas lágrimas.

— No debes preocuparte –continuó Lilaa–. Por muy lejos que podamos estar el uno del otro, estamos ya unidos. Anoche ambos lo supimos con una certeza absoluta. Fuiste mi cónyuge celestial en la tierra y yo te entregué su símbolo, la luna creciente que llevas todavía prendida en tu pelo.

Él la miró no muy convencido.

—No es suficiente. Debo hallar la manera de poder seguir cerca de ti. Mi obstinada búsqueda ya tiene un nuevo horizonte. Si he sido capaz de encontrarte, hallaré la manera de no perderte.

— En ese caso, –repuso ella complacida– estoy segura de que encontrarás el camino. Regresemos.

— ¿Tan pronto?... ¡Ah claro! Ahora recuerdo. Me lo advertiste ya el otro día -repuso sonriendo-. La hora de los aseos matinales en la playa se acerca.

Pocos días después Nassim Kandhumoos le entregó la carta que había escrito para su madre pidiéndole ayuda y explicándo todos los pormenores de lo sucedido. Se la dio con plena confianza, pues no en vano Aila lo había elegido a él para comunicarse después de tantos años. Ahora el viajero debía partir y acabar su tarea. Arthur lo sabía también. Había alcanzado su horizonte dormido y se reconocía la persona idónea para enviar aquella carta sin levantar sospechas, pues nadie en la isla podía aventurar cuál podría ser la situación política en la capital. Por ello, a pesar de tener que dejar atrás todo lo vivido, cuando llegó la hora regresó a Malé contento.

Acompañado de nuevo por Abdhulá la travesía se realizó en esa ocasión sin ninguna incidencia reseñable y al llegar a puerto, la normalidad reinante en el muelle fue un gran alivio para los dos. Arthur cansado del viaje y deseoso de llegar a su aposento se dirigió enseguida hacia la pensión para poder reflexionar con tranquilidad sobre todo lo acontecido desde aquel encuentro, cuatro años antes en Liverpool, con quien a la postre, había resultado ser la abuela de Lilaa. Todavía no podía creer como a partir de ese momento su vida había iniciado el cambio necesario para poder recorrer la distancia que le separaba de aquel horizonte anunciado. Incluso el repentino abandono de Peggy, anterior a aquel encuentro, le pareció providencial al recordarlo. Era asombroso cómo se habían ido encadenando las circunstancias para viajar justo en el día preciso en aquel avión hacia las islas Maldivas y, cómo esta vez, gracias a Lilaa había sido capaz de comprender el significado de las expectativas que su ex le reclamaba. Esas cuatro semanas transcurridas en el archipiélago se le antojaban ahora casi una vida por su intensidad y relevancia. Cerró los ojos rememorando feliz su increíble aventura y acabó plácidamente dormido.

Al despertar por la mañana, se levantó eufórico. No podía disimular su alegría. Había pasado la noche soñando ser un músico que hacía sonar unas *tablas* y aquel sueño fue para él como vislumbrar un camino. ¡La música y la danza eran inseparables! Eso era exactamente lo que debía hacer para seguir cerca de Lilaa. Le pareció una idea excelente. Se dirigiría hacia ese nuevo horizonte, regresaría a la India e iría a Tanjoore, a la *kalashetra* de Balasaraswati para que esta le indicara un buen maestro en el arte de aquel instrumento. Aprendería a tocarlo y así conseguiría volver a estar junto a ella. Cuando más entusiasmado se encontraba con esa perspectiva, llamaron a la puerta de su habitación. Era Abdhulá.

— ¡Caramba Arthur! hoy tienes una aspecto radiante –dijo nada más verlo.

— Es por culpa de la música –repuso jovial.

— Pues espero que hoy estés afinado para tu cita. Venía a

avisarte de que la tranquilidad en Malé es absoluta. He hecho mis averiguaciones y sorprendentemente, el gobierno maldivo no parece andar muy preocupado por la desaparición de Lilaa Devi. Podrás ir a ver al Mayor Philips con total normalidad.

— Esto nos facilita mucho las cosas. Es una buen a señal.

Mientras desayunaban juntos decidieron que por prudencia y para evitar preguntas embarazosas durante aquella visita, aparentaría su regreso de un viaje por el sur. Era conveniente no explicar nada de lo sucedido hasta que la situación de Nassim se resolviera de forma favorable. Ante todo, convenía que nada pudiera distraer al oficial de lo importante: el envío de aquella carta dirigida a Aila Keulubé.

Todo ocurrió según lo previsto. El viajero, seguro de ser un instrumento en manos del destino, al llegar al despacho interpretó su papel con convicción. El Mayor contento al verlo de nuevo sano y salvo en Malé, dio por supuesto su viaje al sur y, tras una breve charla por culpa de los múltiples asuntos que aquel día se le acumulaban sobre la mesa, le aseguró que expediría el envío aéreo de aquella carta a través de la Oficina de las Colonias en Londres. No hubo preguntas, no hubo sospechas sólo amabilidad. Tras anunciar su regreso a Trivandrum, Arthur se despidió del oficial británico sabiendo que no sería aquella la última vez. Estaba dispuesto a volver.

Satisfecho con el desenlace de la visita, al salir del edificio se encaminó hasta el muelle donde el *dhony* de velas rojizas se encontraba amarrado. ¿Qué habría ocurrido de no haber subido a él? Esa embarcación le había conducido hasta Lilaa y hasta sí mismo —se dijo al contemplarla –, y ahora simbolizaba aquella otra que debería llevarle a otros mares en su vida. Había llegado el momento de soltar amarras, estar atento a los obstáculos que se iba a encontrar y sortearlos con éxito para poder navegar hacia el rumbo elegido. Dio media vuelta y se dirigió contento a comprar su pasaje. El vuelo a Trivandrum salía aquella misma tarde. Su estancia en las islas Maldivas había sido inolvidable.

Capítulo XVIII

EL RECONOCIMIENTO

Aquella mañana el Mayor Philips llegó como cada día a su despacho dispuesto a leer el correo recién llegado desde Inglaterra. Entre todas las cartas recibidas hubo una que le llamó especialmente la atención. Había sido enviada por la Oficina de Londres e iba dirigida a él llevando un sello de urgencia y otro de confidencialidad. No era un correo habitual. Abrió el sobre y encontró en su interior un acta notarial junto a un manuscrito. Comenzó a leer y se sorprendió al darse cuenta de que se trataba de una fe de paternidad a favor de Nassim Kandhumoos mediante la cual, el capitán retirado William Aberconwy le reconocía como hijo suyo a todos los efectos. El Mayor recordó ese nombre de inmediato; se trataba de aquel oficial galés que había abandonado la base naval de Gan poco antes de llegar él. Mientras sostenía el documento en sus manos cayó en la cuenta de que el recordado padre O'Neill debió conocer en vida el secreto del capitán y de ahí todo su interés por educar y proteger a aquel mozalbete nativo que frecuentaba las instalaciones militares. Ahora entendía mejor ciertas actitudes y comprendía el empeño del pastor en aquellas arduas negociaciones mantenidas con el antiguo sultán para conseguir liberar a Nassim Kandhumoos. Al recordarlas se congratuló de haber participado en ellas, sobre todo, después de constatar que en realidad sirvieron para salvar la vida al hijo de un súbdito inglés. No era un detalle menor. Si la acción ya de por sí era noble, ahora con más razón.

Guardó el acta y seguidamente leyó la carta escrita de puño y letra por el mismísimo capitán Aberconwy. En ella le notificaba haber recibido un correo de su hijo Nassim, al que creía fallecido, explicándole la situación de exilio en la que se encontraba y de la conspiración tramada en Malé por Sayyidmeiná para asesinarlo. Le rogaba que para proteger su vida y a la espera de la documentación administrativa en curso acreditándole como nuevo ciudadano británico, iniciara todos los trámites diplomáticos pertinentes para poner fin a su confinamiento por parte de las autoridades maldivas. Se despedía agradeciéndole todo su interés para resolver la situación con la máxima celeridad.

La carta todavía tenía una última línea:

"Salude a Mr. Arthur y dele personalmente en mi nombre y en el de mi esposa Aila, las gracias por su inestimable colaboración en el feliz hallazgo".

Fue al leer la posdata cuando el Mayor comenzó a atar cabos de lo sucedido. Hacía poco menos de un mes, Mr. Green, se había presentado en su despacho proveniente de un viaje según dijo entonces por el sur del archipiélago. En ese momento no lo puso en duda, ya que poco después de los actos de la proclamación de la República había sido visto una noche en el muelle entre los pasajeros que esperaban embarcar hacia Addu. Contento por verlo de nuevo en la capital, ni se le pasó por la cabeza que pudiera estar ocultando algo y no le importunó con preguntas comprometidas, así que ahora tampoco podía reprocharle que no le hubiera informado de lo ocurrido.

Aquel día de su visita se había presentado con un encarecido ruego; pedir el envío de una carta que traía de forma segura y urgente a Inglaterra. Al entregársela le contó que tal interés se debía a un asunto familiar de suma importancia, –el oficial no pudo menos que sonreír al recordarlo–. Mr. Green era un buen ejemplo de lo que significaba ser inglés, ya que en el fondo no le había mentido aunque tampoco dicho la verdad. Ciertamente había estado viajando por las islas, pero no hacia el sur sino hacia el norte, y desde luego la carta trataba de un asunto familiar, pero no de carácter personal, sino que en realidad se trataba de la carta de Kandhumoos al capitán Aberconwy.

Ahora ya podía deducir con certeza que Lilaa Devi lo había arrastrado hasta Kudhafaree y que la frase de Arthur Green al despedirse…"Marcho para seguir con el encargo del destino" que en ese momento atribuyó a la nostalgia del viajero al reanudar su camino, contenía las respuestas a todas las preguntas que ahora se hacía. Tras conocer el principio y el fin de aquella historia, le hubiera gustado saber también todos los detalles y, aunque su compatriota ya había regresado a Trivandrum, algo le decía que volvería a verlo pronto en Malé. No en vano después de muchos años de vivir en el archipiélago, podía asegurar que nadie escapa fácilmente al atractivo del lugar ni por supuesto, al encanto de la mujer maldiva, como bien advirtiera en el siglo XIV el sabio ilustrado norafricano Ibn Batuta en su visita a las islas. Y hablando de mujeres nativas, ahora que ya conocía el secreto del capitán Aberconwy, se preguntaba curioso qué clase de mujer sería la madre de Nassim, capaz de conseguir casarse con un oficial británico. Tras guardar los documentos, escribió una nota y llamó al sargento de guardia para que sin dilación fuera entregada en la oficina de la presidencia. Luego, se recostó sobre su silla al tiempo que cruzaba las piernas sobre el escritorio. Encendió un cigarrillo, se sirvió un té y se dispuso a esperar.

—El presidente de la República le atenderá en unos instantes, -le indicaron pocos días después al presentarse a la hora convenida en el edificio del gobierno.

El oficial Philips que conocía la flexible acepción de la palabra "instantes" en las Maldivas lo miró con cierta impaciencia aunque en esta ocasión sin motivo, pues al poco la puerta del despacho se abrió y un bedel le invitó a entrar.

— Mayor, pase usted por favor. Me complace verle de nuevo -dijo Ibrahim Nassir tras los protocolarios saludos-. Debo indicarle que me ha sorprendido la urgencia con la que quería verme. ¿Su Majestad la Reina, se encuentra bien? –preguntó con interés.

— ¡Oh, sí! Muchas gracias. Es usted muy amable.

— Y que Alá así lo quiera por mucho tiempo –respondió–. Siéntese y dígame a que se debe el honor de su visita.

— En realidad vengo a informarle sobre una conspiración que se ha estado tramando para derrocar a su gobierno.

— Amigo mío lo que me está usted diciendo es grave. Pero déjeme que le diga que cada semana se oyen rumores distintos acerca de conspiraciones.

— ¿Se acuerda usted de Nassim Kandhumoos?

— Sí, desde luego, un caso político zanjado que todavía consideramos prudente no revelar –repuso.

— Por un cúmulo de circunstancias de las que hemos sido informados –explicó el oficial– sabemos que el anterior jefe de la policía planeaba asesinarlo con la intención de desestabilizar políticamente a la República y pedir el retorno del sultán.

— ¿Tiene usted pruebas de ello?

— Voy a tenerlas, sin duda.

— No se moleste por lo que voy a decirle, pero entienda que mi gobierno no puede actuar arrestando a uno u a otro solo por unas sospechas. Sayyidmeiná es una persona influyente todavía en Malé. Puedo asegurarle que la situación política en este país, cómo usted bien sabe, es por completo distinta desde nuestra alcanzada independencia hace ya unos años. Ahora ya no necesitamos escuchar los consejos ingleses para poder resolver nuestros asuntos. Sabemos cómo hacerlo.

— No lo dudo y no era esa mi intención, se lo aseguro.

— Si me permite que le diga una cosa, Mayor Philips, no comprendo por qué se preocupa por la vida de Kandhumoos, ese traidor secesionista.

— Intentaré explicárselo. Si la persona a la que se quisiera asesinar fuera un inglés, ¿actuaría usted de la misma manera?

— Por favor, que cosas dice usted. ¿Adónde quiere llegar?

— Le he traído esta acta notarial, que hace pocos días llegó a mi despacho procedente de Inglaterra, junto con una carta firmada por un antiguo mando de la base naval de Gan, el capitán Aberconwy. Lea por favor y entenderá lo que intento explicarle.

El presidente Nassir tomó los documentos con interés. Al acabar su lectura alzó la vista y con cara de circunstancias se dirigió al oficial en un tono menos altivo al empleado hasta ese momento.

— Esta información es toda una sorpresa y cambia de forma notable la consideración que pudiera tener hacia el señor Kandhumoos. De ningún modo quiere mi gobierno empezar su andadura provocando un incidente diplomático.

— Entonces señor presidente, debo pedirle que lo libere de su confinamiento lo antes posible antes de que lleguen los papeles de ciudadanía. Sería muy embarazoso para todos tener que pedir la liberación de un súbdito británico.

— Estoy de acuerdo por completo. Redactaré una orden de amnistía que podrá llevarle usted en persona si así lo desea. Pienso que se ha cometido una injusticia durante todos estos años con este "adalid de las ideas republicanas"–recalcó con énfasis sobreactuado, intentando disculparse–. En cuanto a Sayyidmeiná, lo haré detener hoy mismo, es un hombre peligroso. Ha estado a punto de crear un grave conflicto.

— Gracias, en nombre de su Majestad. Me congratulo de su acertada decisión. Será un verdadero placer viajar a Kudhafaree con tan buenas noticias para Nassim.

— Para él y para su hija, se le ha olvidado decir. Tras la misteriosa desaparición de Miss Devi averiguamos que partió hacia esa isla y que se encuentra ahí todavía.

— También yo lo supuse así –le confió el Mayor– después de saber que el fallecido padre O'Neill reveló antes de morir el exilio de Nassim a un tío suyo.

— ¡Ah, vaya! Así fue como ocurrió. Ahora comprendo mejor esta historia. Siempre me pregunté cómo Miss Devi había llegado a saber el paradero de su padre. Le agradezco esa información cuya única relevancia ahora es satisfacer la curiosidad de mis ministros. Como prueba de mi buena disposición voy a corresponder a su confianza con una confidencia.

— Será un honor. Usted dirá.

— Del buen desenlace de todo este asunto me alegro de

manera especial por Lilaa Devi.

El oficial quedó sorprendido ante tal franca declaración.

— ¿Y eso por qué? –si me permite la pregunta.

— Su extraordinaria danza el día de la proclamación nos dejó a todos asombrados. Acabada su actuación, debo confesarle, tuve remordimientos por no contarle la verdad respecto a su padre. Luego, cuando supimos de su desaparición y averiguamos que se encontraba con él, decidimos en agradecimiento ignorar el hecho y no importunarla. Es un orgullo para nosotros tener a una artista de su sensibilidad como compatriota.

— Pues ahora que me ha confesado su admiración por ella debería saber que Sayyidmeiná intentó utilizar su baile en la capital para que Kandhumoos rompiera su exilio.

— Ese hombre es un insensato. Sin duda le debo a Miss Devi una disculpa. ¿Sería usted tan amable de hacérsela llegar cuando la vea en Kudhafaree?

— Desde luego, ese próximo viaje va a tener para mí el aliciente de saludarla y conversar con ella.

— Entre nosotros y de manera confidencial –añadió Ibrahim Nassir– esta inesperada noticia acerca de su padre nos va a permitir cerrar felizmente un incómodo episodio de nuestro pasado.

—Yo también opino lo mismo.

No podía estar más de acuerdo el Mayor Philips con aquel final. Una vez concluida la visita, salió satisfecho del edificio presidencial y tan pronto llegó a su despacho dictó a su ayudante un telegrama para ser enviado urgente al capitán Aberconwy:

"Amnistía concedida –stop– liberación próxima –stop–. Enhorabuena" ¡Dios Salve a la Reina!

Una semana más tarde, una chalupa procedente de una lancha costera británica fondeada al otro lado de la barrera de arrecifes, se adentraba en la laguna de Kudhafaree en dirección a la playa. Nada más desembarcar el oficial reconoció enseguida a Nassim Kandhumoos que parecía poner calma ante la inquietud de algunos nativos por la llegada de aquel grupo de ingleses uniformados. Se dirigió directamente hacia él y al encontrarse frente a frente se fundieron en un espontáneo abrazo.

— Mayor, me alegra volver a encontrarnos.

— Yo también Kandhumoos, de verlo sano y salvo. Siempre he admirado su valor, ideales y determinación.

— Unos ideales y una determinación que debo recordarle casi me cuestan la vida. Tenía muchas ganas de poder agradecerle todo lo que hizo por mí en la cárcel.

— No me dé las gracias; déselas al difunto padre O'Neill, él fue el verdadero artífice de las negociaciones para lograr mejorar su situación. Yo tan solo cumplí con mi deber.

— No sea modesto, ni se quite méritos. Fue usted quien se presentó aquel día en prisión para salvar mi vida en unos momentos en que me encontraba al límite de mis fuerzas.

— Y quien se presenta también ahora –dijo sonriendo– para ayudarle de nuevo. Le traigo buenas noticias. El capitán Aberconwy lo ha reconocido como hijo suyo y el presidente de la nación le ha liberado de su confinamiento. Enhorabuena, Nassim, me alegro mucho.

— ¡Por fin! –exclamó mirando al cielo–. Llevaba tiempo esperando esa noticia. Sabía que mi carta había sido enviada y confiaba en que tarde o temprano algo así podría ocurirr. Verle llegar por el horizonte ha supuesto para mí un gran alivio.

— Como nuevo ciudadano del Reino Unido, le doy pues la bienvenida a la comunidad británica.

— Gracias Mayor. Es un gran honor. Por favor, acompáñeme hasta mi humilde casa. Seguro que querrá descansar. ¿Conoce usted a mi hija? A Lilaa le he hablado de usted y estará muy contenta en poder saludarle.

— Será un verdadero placer. Vi su espectáculo en Malé y debo confesarle con absoluta sinceridad que su hija es una gran artista. Si la hubiera visto bailar aquel día entendería mi admiración por ella. He llegado incluso a pensar en proponer al Foreign Office una danza suya en Londres con ocasión del XVII aniversario de la Coronación de la reina Isabel II. ¿Cree que a Miss Devi le parecerá bien?

— Estoy seguro de que aceptará encantada. No hace mucho me contó que había prometido a su *gurú*, una maestra india llamada Balasaraswati, devolver al *Bharat Natyam* su antiguo prestigio. No se me ocurre mejor ocasión para ello que la que usted quiere proponerle.

— Magnífico. Será un buen motivo para conversar con ella. Además, me gustaría hacerle algunas preguntas acerca de ese joven inglés que conoció en el avión.

— ¡Ah, se refiere a nuestro querido Arthur! Cuando mi hija le cuente esa historia no se la creerá…

Se fueron juntos caminando tranquilamente por la playa en dirección al poblado. Nassim le iba confiando sus deseos de viajar lo más pronto posible a Inglaterra para entregar a su madre, algo que sin duda habría echado en falta todos esos años. Algo muy importante para la preservación de la cultura *divehi* y custodiado por sus antecesores, generación tras generación. Algo que llevaba un largo tiempo guardado en la biblioteca de la capital maldiva esperando a que pudiera ser recogido algún día...

"El saber de la magia *fhandita*, recopilada en unas antiguas *tablillas*".

EPÍLOGO

En Enero de 1977, llegué procedente de Trivandrum a las islas Maldivas siguiendo mi intuición de aventurero, atraído por su soledad geográfica en medio del océano. Nadie me había hablado de ellas, nadie había estado ahí, nadie sabía nada de aquel lugar. Mucho tiempo antes había partido de Barcelona cruzando Asia por tierra, con la esperanza de descubrirme y descubrir por el camino algún lugar inimaginable. Supe que iba a conseguir esa particular meta desde el primer momento en que contemplé la belleza del archipiélago maldivo a través de la ventanilla del vetusto avión local que cubría aquel trayecto desde la India. Me quedé asombrado. Me dirigía a un lugar excepcional, un paraíso inédito.

Al aterrizar, un destartalado edificio que hacía las veces de precario aeropuerto me dio la bienvenida. No había ningún funcionario, ni garita de pasaportes, ni control alguno que me indicara estar donde estaba y esa relajación administrativa tan poco usual, me dio a entender enseguida la anomalía que significaba la visita de un forastero a un territorio ciertamente tan alejado de todo. Sin saberlo había llegado a un oasis del mundo donde todavía era posible perderse. Emocionado, maravillado por el espectáculo de arrecifes, aguas transparentes y verdes palmeras que desde el aire había contemplado, recogí el equipaje y me lo eché a la espalda dispuesto a vivir mi particular aventura en aquel archipiélago. Al salir del "aeropuerto" me encontré sorprendido frente al mar y ante la desnudez de un muelle donde un barquero aburrido esperaba al pasaje local para trasladarnos hasta una isla contigua en la que al parecer, se encontraba ubicada la capital. Ignoraba esa circunstancia por completo. Subí a bordo como cualquier otro, no en vano ya por entonces mi aspecto y mi vida eran más de allá, que de aquí.

La ciudad de Malé aún era en aquellos años setenta una pequeña, tranquila y agradable población portuaria, tal y como la describo en mi novela. Los ingleses hacía apenas unos meses que habían abandonado definitivamente sus bases en las Maldivas y se respiraba un ambiente de satisfactoria novedad. También por aquel entonces acababa de ser construido el primero de los complejos turísticos que a modo de reserva para extranjeros, proliferarían durante la siguiente década trayendo consigo toda la parafernalia de la modernidad y el supuesto desarrollo. Un "progreso" que representaría un gran cambio social, la transformación brutal de Malé, el desplazamiento de pobladores nativos hacia islas más lejanas para dar cabida en las cercanas a lujosas Water Villas y, que finalmente, acarrearía la desaparición de aquella manera sosegada de vivir y navegar entre atolones. Posteriormente, en 1997, la llegada de nuevas corrientes islámicas y la expansión de sus preceptos menos permisivos originaron variaciones en el pensamiento y la convivencia, así como el retroceso cuando no el abandono de la ancestral cultura *divehi.*

Pero en 1977 año de mi visita, casi todo eso estaba por ocurrir y yo me disponía a disfrutar de la sencillez y la tolerancia de una gente amable entregada a una vida marinera en condiciones territoriales singulares por tamaño y aislamiento. No tenía ni la más remota idea de qué me depararía el futuro. Desde luego no era consciente de que estaba siendo testigo de una manera de vivir a punto de desaparecer pues de haberlo sabido, quizá hubiera tenido el valor de otro viajero catalán, Xavier Romero Frías, llegado como yo a las Maldivas dos años después en similares circunstancias, pero decidido a quedarse para investigar las tradiciones y costumbres de su población antes de que éstas fueran olvidadas. Sus extensos trabajos antropológicos, recogidos en la excelente obra *The Maldive Islanders*, son actualmente únicos e imprescindibles en los estudios y aproximaciones a la antigua cultura de las islas ¡Enhorabuena Xavier!

Tardé varios días en averiguar cómo salir de Malé para poder conocer el archipiélago. En aquellos años, las embarcaciones eran todavía de vela salvo alguna vetusta barcaza destinada a los trayectos hacia el sur del archipiélago. Logré mi objetivo gracias a Abdhulá, quien me invitó a viajar en un *dhony* junto a su hermano y otras gentes, hacia una isla del norte llamada Kudhafaree. No tenían fecha de regreso. Yo tampoco. Reconocí mi horizonte.

A partir de entonces tuve la oportunidad de vivir una de las grandes experiencias de mi vida. Y eso, para alguien como yo que posteriormente pasaría treinta años viajando por motivos profesionales a través de Asia, es mucho decir. La noche de mi partida, mientras esperaba sentado en el muelle la aparición de los primeros rayos de sol junto a aquella embarcación tradicional donde se iban poco a poco ordenando mercancías y aparejos, su patrón, que no hablaba inglés, logró explicarme mediante señas que navegaríamos varios días hacia unas islas donde jamás había llegado un extranjero. Me quedé perplejo. No podía creerme que en pleno siglo XX algo así pudiera ocurrir. Abdhulá, al ver en mi cara reflejado el asombro debió notar también mi inquietud, porque entonces se acercó con disimulo y preguntó para desviar mi atención ¿Conoces la historia de Nassim Kandhumoos?

Aunque debo advertir, queridos lectores, que ya no recuerdo ahora si esa pregunta fue real o ficción.

VOCABULARIO

Allaripu	Introducción de la danza clásica hindú.
Andany	Venir.
Anjenu	Mujer.
Apsara	En la mitología hindú ninfas danzantes en la corte del dios Indra.
Atmán	Alma en la religión hindú
Atholhu veriyaa	Jefe del atolón.
Batteli	Embarcación tradicional maldiva empleada para el comercio y la pesca en los atolones del norte.
Benu	Querer.
Bharata Natyam	Nombre que se da actualmente a la danza clásica hindú.
Biruda	Calificativo cingalés de Sri Bavanaditta.
Bodu boru	tambor tradicional.
Bolu	Decoraciones en las popas de las embarcaciones.
Bokkura	Bote tradicional maldivo.
Brahamán	Sacerdote hindú.
Catechu	Tinte procedente de la raíz de una planta que contiene alizarina

Cauri	Molusco gasterópodo cuya concha era utilizada antiguamente en el sur de Asia como moneda de cambio.
Dashe	Dar.
Devadasi	Nombre con que se designa a las bailarinas consagradas.
Dhony	Pequeño barco de pesca.
Divehi	Calificativo empleado para designar lo autóctono en las Maldivas.
Divehi bey	Medicina tradicional maldiva.
Ellu	Lengua de las poblaciones drávidas
Fandhita	Palabra desvelada tras la lectura de la novela.
Fannu	Senderos abiertos en la vegetación que comunican la playa con el poblado.
Farigi	Hojas de palmera entrelazadas utilizadas en las techumbres.
Flamboyán	(delonix regia) Árbol de seis a ocho metros de altura, copa aparasolada y flores rojas.
Ganesh	Dios con cabeza de elefante perteneciente al panteón hindú
Ghunghurus	Tobilleras de cascabeles utilizadas en la danza hindú.
Giris	Corales redondos que sobresalen unos pocos metros sobre el nivel del mar.

Guru	Maestro.
Handi	Fantasmas con forma de mujer hermosa.
Hena	Tinte de origen vegetal para la coloración de la piel.
Jack	Árbol perteneciente a la familia de las moráceas.
Jatiswaram	Expresión de la melodía en la danza.
Lingam	Falo simbólico de Shiva.
Kalashetra	Escuela de danza.
Kalyanam	Ceremonia de matrimonio en lengua sánscrita.
Kandufu	Plantas locales protectoras de malos espíritus.
Kandus	Canales seguros para la navegación.
Katelli	(prometichtys prometheus) Pez muy popular en la cocina maldiva largo y delgado de color oscuro y muy sabroso
Katheeb	Jefe dela isla.
Kandurufetas	Monstruos marinos.
Kohl	Negro maquillaje tradicional
Kunas	.Esteras de palma con dibujos geométricos y florales.
King coconuts	Variedad de cocos color amarillo de carne y agua muy apreciada.
Lavekia	Cantar, canción.

Libaas	Camisola larga tradicional que viste la mujer maldiva.
Magüis	Plantas locales que crecen en la arena muy resistentes al salitre de hojas ovaladas y punta lanceolada.
Mantras	Palabras en vibración con lo Absoluto.
Makthab	Escuela coránica.
Massel	Viaje.
Medovatte	Espacio destinado a los patios entre las casas.
Mudras	Gestos simbólicos de las manos.
Mulá	Oficiante de una mezquita.
Namaste	Saludo tradicional en la India.
Natyasastra	Obra sobre la danza hindú recopilada por el sabio Baharat en el siglo IV antes de JC.
Neem	(azadirachta índica) árbol de grandes propiedades curativas.
Padam	Parte de la danza acompañada de canto
Pujari	Oficiantes en los ritos.
Karma	Principio de acción-reacción asociado al destino.
Queron	Poder.
Raa	Bebida alcohólica local de palma
Radun	Rey maldivo.
Raivarus	Versos locales tradicionales.

Rajadis	Bailes de carácter cortesano.
Rathan	Fenómeno bioluminiscente en el mar.
Rickshow	Transporte popular en triciclo motorizado.
Rufiya	Moneda maldiva.
Sabdam	espresión de la música y el ritmo.
Sangeetam	Palabras o sílabas ajustadas a la melodía.
Saree	Pieza de tela enrollada al cuerpo de la mujer.
Sathir	Danza tradicional de los templos hindúes.
Shiva	Dios hindú de origen drávida poseedor del poder absoluto.
Shiva Nataraj	Shiva bailando la danza de la destrucción del universo.
Sisya	Alumno/a.
Sukriya	Gracias en árabe.
Tablas	Instrumento de percusión rítmica utilizado en la música y la danza.
Tablillas	Forma en que se recopilan los textos budistas.
Tafat	Diferente.
Tambura	Instrumento musical de cuerda utilizado para apoyar armónicamente a la melodía.
Taris	Estrellas.
Thali	Hilos blancos y rojos distintivos de la condición de devadasi.

Tilliana	Parte final de la danza clásica hindu.
Thilas	Arrecifes de coral sumergido.
Varnam	Clímax interpretativo de la danza.
Veena	Instrumento musical solista de cuerda.
Vedi	Barcos tradicionales maldivos de mayor tamaño.
Undoli	Columpio ancho.
Yoni	Vagina, símbolo abstracto de la divinidad femenina Shakti.

CRONOLOGÍA DE LA NOVELA

Base naval de apoyo en Gan	1835
Firma del Protectorado británico	1887
Llegada del padre O'Neil	1890
Nace Nassim Kandhumoss	1926
Traslado del capitán Aberconwy	1938
Marcha de Aila	1938
II Guerra Mundial	1942
Gan, base naval militar	1942
Disturbios en Addu	1944
Amin Didi, regente	1944
Nassim viaja a Malé	1945
Encuentro Nassim-Chandra	1947
Nace Lilaa	1948
Muere el sultán Abdhul Majeed	1952
La efímera primera República	1953
Destierro de Amin Didi	1954
Sultán Mohamed Fareed	1954
Nassim regresa a Addu	1954
Base aérea de la RAF, en Gan	1956-57
Nuevo primer ministro Ibrahim Nassir	1957

BREVE SINOPSIS POLÍTICA DE LAS MALDIVAS

Los primeros pobladores de los que se tienen noticias en las islas Maldivas fueron los "redin", marineros llegados a las islas para afianzar las rutas marítimas entre Egipto y China, existentes 2000 mil años antes de J.C. Eran pueblos adoradores del sol y temerosos de los malos espíritus, dos aspectos de su cultura observables todavía en las mezquitas construidas orientadas hacia el astro rey, en lugar de hacia la Mecca, y en la importancia que todavía tiene en la cultura divehi las creencias en la existencia de los espíritus malignos.

Alrededor del siglo VI a de J.C. llegaron los pueblos de origen drávida, una cultura que se extendía desde el valle del Indo y de cuya antigua lengua el "ellu" deriva la lengua divehi actual. Las primeras comunidades en instalarse fueron "giraavarus y gujaratis". Luego durante el siglo V a de J.C. alcanzaron sus costas los pueblos cingaleses y con ellos la base de la cultura local. A partir del siglo III a de J.C. el archipiélago formó parte del imperio Maurya del emperador Ashok, y con él llegó a las islas la implantación de las creencias budistas que durante mil años tuvieron gran influencia en las tradiciones. El último Radún que ostentó el título de "biruda", se convirtió al Islam durante el siglo XII gracias al piadoso Abual Barakat, y pasó a llamarse sultán Muhammad al Adil. La población maldiva siguiendo su ejemplo adoptó la nueva religión, aunque siglo y medio después todavía se libraban enfrentamientos al sur del archipiélago con los partidarios de mantenerse fieles a las antiguas tradiciones budistas. Desde entonces una serie de sultanes pertenecientes a una misma dinastía, la dinastía Hura, gobernó las Maldivas durante ochocientos años.

En la época colonial, los portugueses llegaron a las Maldivas el año 1506 y ejercieron una violenta soberanía hasta 1573, cuando el sultán Thakurafaanu logró expulsarlos. A partir de mediados del siglo XVII las islas eran un protectorado holandés hasta que en 1796, éstos fueron sustituidos en esa labor por los británicos tras ocupar Ceylán. Sin embargo, esa presencia no se hizo efectiva como tal hasta 1887, con el pretexto de necesitar una base naval de apoyo para la ruta marítima hacia el Canal de Suez y mediante acuerdo con el entonces sultán Muhammad Muenuddin.

Al morir el sultán Abdul Majid Didi en 1952 residente en Egipto, le sucedió el entonces regente Amín Didi. Para evitar la subida al poder de los descendientes del sultán, organizó un referéndum para proclamar la primera República de la que fue elegido presidente. Ausente de las Maldivas por enfermedad, su vicepresidente Ibrahim Hilmi Didi organizó un golpe de estado. Al regresar Amín, éste le propuso repartir el poder, pero estalló una revuelta popular instigada por los partidarios del viejo orden y ambos fueron hechos prisioneros y enviados al destierro. En 1954 se reestableció el sultanato.

En 1958, las poblaciones de los atolones del sur Huvadhu, Addu, y Fuahmulah bajo el liderazgo de Abdul Afeeff, fueron protagonistas de una serie de revueltas y enfrentamientos con el fin de conseguir la independencia del poder central de Malé, proclamando en enero de 1959 la República Suvadiva. Cuatro años más tarde capitularon.

El 26 de julio de 1965 las Maldivas obtuvieron la independencia y el Reino Unido mantuvo sus bases en la isla de Gan e Hithaddu. En marzo de 1968 el Parlamento promovió un referéndum aboliendo el sultanato. Su último sultán fue Muhammad Fareed Didi. El 11 de noviembre de ese mismo año se proclamó la República Maldiva con Ibrahim Nassir de presidente. En 1975 los ingleses abandonaron definitivamente las bases que aún mantenían. El turismo internacional iba a partir de entonces a tomar paulatinamente el relevo con sus resorts de lujo. Una antigua cultura divehi y una ancestral manera de vivir comenzaba a desaparecer. Tras varios intentos de golpe de estado, en 1978 fue elegido nuevo presidente Maumoon Abdul Gayoom a cuyas políticas se atribuyen para bien y para mal los grandes cambios culturales y sociales experimentados durante su extenso mandato. Perdió el poder en el año 2008 a favor de Mohameed Nasheed y su partido democrático. En el año 2012, este renunció a su cargo tras denunciar un golpe de estado después de haber sido, al parecer, amenazado de muerte a punta de pistola. Le sucedió temporalmente su vicepresidente Mohammed Waheeed Hassan, hasta que un hijo del viejo presidente Gayyom, el controvertido Yameen Abdul Gayoom, se hizo con el poder en el año 2013.